Er liebt mich, er liebt mich nicht

20 Liebesgeschichten

Herausgegeben von Renate Navé

SCHNEIDER BUCH

Die Deutsche Bibliothek – CIP-Einheitsaufnahme

Er liebt mich, er liebt mich nicht : 20 Liebesgeschichten / hrsg.
von Renate Navé. – München : F. Schneider, 1993
ISBN 3-505-04831-3

Dieses Buch wurde auf ein chlorfreies,
umweltfreundlich hergestelltes
Papier gedruckt.

Frankfurter Ring 150, 8000 München 40

Umschlaggestaltung: Adolf Bachmann
Titelfoto: ZEFA, Kerscher, Danegger
Herstellung: Gabi König
Satz/Druck: Presse-Druck Augsburg
ISBN: 3-505-04831-3

Worauf kommt es an? –
Nur auf den Lichtschimmer in der Finsternis,
auf das Gefühl von Wärme in der Kälte,
auf das Wissen um die Liebe inmitten der Leere.

Joan Walsh Anglund

Inhalt

Irma Krauß

Annäherung

„Steht heute was an, oder kann ich baden fahren?" hat Tobias beim Mittagessen gefragt.

„Wenn bei *dir* nichts ansteht ... Sag mal, tut ihr in der Schule gar nichts mehr?" fragte seine Mutter.

„Nö. Ich meine: nicht mehr viel. Das Schuljahr ist doch gelaufen."

„Na dann."

Der Rasen fällt ihr ein. „Warte mal ..." Sie bremst sich aber sogleich, als ihr auch einfällt, daß Tobias sich in der Molkerei für Ferienarbeit angemeldet hat, dann ist es ohnehin vorbei mit dem Baden. Um dem Warte-mal einen Sinn zu geben, sagt sie mit gefurchter Stirn: „Das Wetter ist nicht besonders."

„Das macht nichts", gibt Tobias zurück, „die anderen sind auch da."

Dabei macht er sich gar nichts aus den anderen. Genaugenommen gehen sie ihm ziemlich auf die Nerven. Gut, daß ich sie in den Ferien nicht sehen muß, denkt er. Vielleicht, wenn ich ganz nach hinten gehe, zum Schilf, vielleicht hab' ich dann meine Ruhe.

Er denkt an die Illustrierte, die er nach der Schule im Supermarkt gekauft hat und die zuunterst in den Satteltaschen steckt, unter dem Badehandtuch. Irre Bilder, soviel er gesehen hat, sehr aufschlußreich. Damit auf der Decke liegen, hinten am Schilf, und die Gedanken kreisen lassen, die zur Zeit sowieso nur um eine Sache kreisen.

Aber am Kiosk warten sie schon auf ihn.

Tobias steigt verdrossen vom Rad. „Wenig los heute", sagt er schlechtgelaunt.

„Denkst du! Da drüben unter der Weide liegt eine Dikke, die man super auf die Palme bringen kann", schreit Gerhard. „Wird Zeit, daß du endlich kommst!"

„Nimm deine Finger von meinen Satteltaschen", sagt Tobias scharf, „ich pack mein Zeug selber aus."

„Schon gut, schon gut." Gerhard weicht mit gespreizten Händen zurück. „Ich faß' nichts an. Was ist 'n los mit dir? Gab's Stunk zu Hause?"

Tobias brummt etwas Unverständliches, während er sich aus seinen Bluejeans schält.

Martina hockt auf den Fersen und wirft Steinchen ins Wasser. Nichts los hier, und dabei hat sie gedacht, wenn sie sich die fünfzehn Kilometer abstrampelt, kommt sie an einen Badesee, an dem was los ist. Früher ist sie mal hiergewesen mit den Eltern, lang ist das her; damals ist ganz schön was los gewesen. Vielleicht ist das trübe Wetter schuld, heute. Nicht mal braun werden kann man. Elke ist tiefbraun, sie war in den Pfingstferien in Griechenland; alle drehen sich nach ihr um. Und immer schüttelt sie ihre blonden Haare in den Nacken, richtig provozierend.

Martina richtet sich auf und ahmt die Geste nach. Sie hat es schon vor dem Spiegel probiert, aber es wirkt nicht wie bei Elke. Zornig schleudert sie einen Stein auf den See hinaus. Immer Elke! Dabei hat sie eigens in der Vormittagspause gesagt: „Ach, ich weiß noch nicht. Wahrscheinlich muß ich meiner Mutter helfen. Und überhaupt ist kein Badewetter." Und hat doch die ganze Zeit über vorgehabt, an den See zu radeln. Nicht zum nahe gelegenen Baggersee, wo sie alle kennt und wo jeder nur Elke sieht.

Eine Horde Jungen stürmt an ihr vorbei und bricht johlend ins Schilf. Sind sicher genauso blöd wie die aus meiner Klasse, denkt sie. Sehen einen nicht mal.

Verdrossen hockt sie sich wieder auf die Fersen und greift eine neue Handvoll Steine. Dann äugt sie zum Schilf hinüber. Was machen die eigentlich? Haben sich nebeneinander aufgestellt und legen sich weit ins Kreuz. Einer löst sich aus der Gruppe und watet durchs Schilf in den See hinaus.

„Hab' nichts drin", ruft er über die Schulter.

„Du machst auch mit, Tobbi!" schreit ein anderer. „Hast Schiß mit deinem müden Strahl!"

Sie lachen roh. Wettpinkeln, denkt Martina und wendet sich angewidert ab. Sie legt sich bäuchlings auf ihre Decke und schaut dem nach, der weit in den See hinauskrault. So möchte sie auch kraulen können.

Weil sie auf dem überhöhten Ufer liegt, kann sie seinen

Kopf bis hinüber verfolgen. Nach dem wilden Anfangskraul ist er in eine ruhige Schwimmart übergegangen. Er schert sich keinen Deut um das Gekreische und Gefuchtel seiner Freunde. Wenn es seine Freunde sind. Martina zweifelt daran.

„To – bi – as!“ brüllen sie und formen einen Trichter mit den Händen um ihren Mund.

„Ihm nach“, sagt einer.

Aber ein anderer winkt ab. „Laßt den, der spinnt heute. Wir hauen ab, der glotzt schön blöd, wenn er herauskommt.“

Martina hat den Kopf auf den Unterarm gelegt und tut so, als schliefe sie. Aber sie sieht gut durch die schmalen Augenschlitze und zwischen den dunklen Haarsträhnen hindurch, die sich über ihr Gesicht gelegt haben, daß sie in ihrer Nähe stehengeblieben sind, daß sie sich gegenseitig stoßen und einen vorschieben wollen, der sich nicht vorschieben läßt. „Geh ran“, hört sie zischen, „die wartet darauf, die wartet genau auf dich!“

Sie dreht den Kopf unwillig auf die andere Seite und schüttelt mit ärgerlicher Gebärde das Haar aus dem Gesicht. Ihr Körper versteift sich in Abwehr. Dennoch denkt sie mit grimmigem Triumph: Das bin ich, Martina. Nicht Elke. Ich. Aber solche Beachtung will ich nicht. Die sollen abhauen, die Typen.

Als das Getuschel nicht endet, richtet sie sich wutentbrannt auf und funkelt sie an. Sie wirft das Haar in den Nacken, ohne sich der herrischen Geste bewußt zu sein.

Da blicken sie betreten zu Boden, knuffen sich albern, als wenn Martina nicht existieren würde, und ziehen ab.

Sie legt sich zufrieden auf den Bauch und stützt den Kopf in die Hände. Der einsame Schwimmer ist auf dem Rückweg. Sie schaut seinen ruhigen Brustzügen eine Weile zu, dann springt sie federnd auf die Beine. Wenn sie ihn sehen kann, dann kann er sie auch sehen. Sie geht mit sportlichem Schritt auf den Aussichtsturm der Wasserwacht zu, der heute natürlich nicht besetzt ist, und steigt in einem Zug die Leiter hoch. Man kann ihre schlanken Beine und den neonfarbenen Badeanzug weit sehen. Sie zieht vorsichtshalber den Bauch ein. Denn manchmal kneift ihr großer Bruder sie und sagt neckend: „Der Babyspeck, Martina, der Babyspeck muß weg!"

Sie haßt das. Sie ist längst kein Baby mehr, das müßte er eigentlich sehen. Und sogar Elke hat eine kleine Bauchfalte, wenn sie sich im Sitzen vorbeugt.

Sie umfaßt mit beiden Händen die hölzerne Geländerstange und läßt sich weit ins Hohlkreuz fallen. Gertenschlank ist sie nun, wie sie weiß, und dennoch sind die kleinen Hügel ihrer Brüste deutlich zu sehen. Sie schielt für einen Sekundenbruchteil nach unten, von wo sie das gleichmäßige Prusten des Schwimmers hört und das rhythmische Plätschern, wenn seine Arme das Wasser teilen, dann läßt sie den betont gleichgültigen Blick über das jenseitige Ufer schweifen.

Tobias ist in einem Zug über den See geschwommen. Voller Wut, weil sie ihn so genervt haben. Zuerst mußten sie die Dicke vergraulen, die keinem was getan hat, dann versuchten sie, in den ringsum verschlossenen Kiosk zu gelangen, weil da drin gewiß Zigaretten lagen – umsonst, ohne Brechstange war da nichts zu machen, und ein paar vereinzelte Badegäste guckten schon mißtrauisch – und nun auch noch Wettpinkeln! Er schnaubt verächtlich. Alberne Bande. Kindereien. Zum Glück hat er gerade noch rechtzeitig das Mädchen am Ufer gesehen, das Steine ins Wasser warf: ein Grund mehr, ihnen die kalte Schulter zu zeigen.

Als er das jenseitige Ufer erreicht hat, fällt ihm das Heft in den Satteltaschen ein. Hoffentlich gehen sie da nicht ran! Er stellt sich aufrecht hin und schirmt die Augen mit der Hand. Nein, sie sind nicht an seinem Fahrrad, sie balgen sich am Ufer. Und noch jemand ist da; es muß das Mädchen sein. Er sieht den leuchtend grünen Fleck auf der Decke sich bewegen, den dunklen Kopf kann er genau ausmachen, als sie sich aufrichtet. Die Jungengruppe trollt sich. Seine Illustrierte! Wenn sie nur nicht ...

Er watet mit kräftigen Schritten ins Wasser und wirft die Arme vor. Den Kraul hält er nicht lange durch, denn er hat sich vorhin verausgabt. Er geht in rasche Brustzüge über und sucht mit unruhigen Augen die jenseitige Liegewiese ab, soweit die Lücken in der Uferbepflanzung Sicht gewähren. Da sind sie! Deutlich sieht er die Gruppe auf den Rädern dem Ausgang zufahren. Sie hauen ab! Sie wollen ihm eins auswischen! Wenn sie wüßten, wie froh er ist. Bestimmt waren sie nicht an seinen Satteltaschen, dazu hat die Zeit nicht gereicht.

Er atmet tief und ruhig; mit kräftigen Stößen durchschneidet er das Wasser. Er ist ein guter Schwimmer. Soll das Mädchen es ruhig registrieren, falls sie in seine Richtung schaut. Tobias legt noch einen Zahn zu. Da sieht er, wie sie aufsteht und mit langen Schritten weggeht. Die Enttäuschung fährt ihm in die Arme und macht sie schwer, bis er begreift, daß sie die Decke nicht mitgenommen hat. Und auch sonst nichts. Sie steigt auf den Aussichtsturm!

Die sieht gut aus, denkt er, schade, daß sie mich nicht bemerkt. Vielleicht wartet sie auf jemand, weil sie so angestrengt hinüberschaut. Aber falls sie mich gesehen hat: hoffentlich hat sie nicht mitgekriegt, mit wem ich da war! Vor Verlegenheit kommt er beinahe aus seinem gleichmäßigen Atemrhythmus. Weil sie aber noch immer in die Ferne guckt, fängt er sich wieder und legt sogar zum Abschluß einen Superkraul hin.

Martina hat Gelegenheit, ihn dabei zu beobachten; deutlich hat sie gehört, wie der Rhythmus des Prustens und Plätscherns sich verändert hat; sie hat vorsichtig ihren Blick aus der Ferne zurückgeholt, wo sowieso nichts zu sehen war, und nachdem sie gemerkt hat, daß er sie wohl kaum beachten kann, so, wie er schwimmt, da hat sie ihm zugeschaut.

Die muskulösen Arme, die abwechselnd kraftvoll eintauchen, der dunkle Kopf, der die Wasseroberfläche pflügt, das Gesicht, das für einen Augenblick beim Atemholen sichtbar wird. Wenn er am Ufer ist, wird er weggehen. Martina überlegt fieberhaft. Was kann sie sagen, daß er nicht weggeht? Witzig müßte es sein, zum Beispiel: Paß auf, ein Hai! Nein, das ist nicht witzig, das ist blöd. Oder vielleicht ... Nein, es fällt ihr nichts ein. Sie könnte vom Turm stürzen – schnell beugt sie sich vor und weicht wieder zurück. Vielleicht abrutschen auf der untersten Stufe der Leiter und sich den Fuß verknacksen? Sie muß sich entscheiden, gleich ist er da.

Nein, von der Leiter abrutschen ist unsportlich. Jetzt – er ist am Ufer! Und sie hat nichts getan. Nur den Blick wieder in die Ferne gerichtet.

Tobias hat zu früh mit dem Endspurt begonnen, er merkt es schon nach wenigen Zügen. Kommt das Ufer denn gar nicht mehr? Aber jetzt hält er durch, das Mädchen steht immer noch da oben, er hält durch bis zuletzt, es scheint ihm, als wenn sie zu ihm herunterschauen würde. Luft holen, Augen zu, durchhalten, Kopf eintauchen, hochreißen, Luft holen, eintauchen. Da! Er spürt Kies unter den Händen und Knien und taumelt hoch. Keuchend und schwankend steht er da, zum See gewandt, damit sie sein erschöpftes Gesicht nicht sehen kann, stützt die Arme in die Seiten und versucht, den Aufruhr in seinem Brustkorb zu besänftigen. Er wagt nicht, sich umzudrehen oder gar zum Turm hochzuschauen, seine Zehen bohren sich in den Kies, die Finger haken sich in den Bund der Badehose. Sein Atem wird ruhiger, aber er bleibt stehen. Wenn er sich umdreht, muß er weggehen, wenn er stehenbleibt, kommt sie vielleicht auch ans Wasser. Und er könnte sagen: Wartest du auf jemand? – Nein, besser nicht. Er könnte sagen: Wenig los, heute. Oder: Das Wasser ist toll. Oder: Ich glaube, wir sind die letzten. – Nein, das ist zu persönlich. Wenn sie beim Heruntersteigen auf der Leiter abrutschen würde ... Erschrocken schaut er hinüber.

*

Nichts hat sie getan. Und jetzt geht er weg. Oder doch nicht? Sie hört ihn schwer atmen, hat den Eindruck, daß er es unterdrücken will. Das Atmen kommt immer von derselben Stelle. Er steht also da. Sie dreht sich langsam um ihre eigene Achse, sucht mit den Augen ihre Decke, die nicht weit von seinem Standort entfernt ist, streift seinen schlanken Körper mit ihrem Blick und wendet sich der Leiter zu. Warum soll sie nicht zu ihrer Decke gehen? Sie war jetzt lange genug hier oben. Kühl ist es auch, ein frischer Wind ist aufgekommen.

Das Haar fällt ihr ins Gesicht beim Hinuntersteigen; unten streicht sie es mit beiden Händen zurück. Damit die Hände etwas zu tun haben. Denn jetzt hat er ihr einen Blick zugeworfen. Einen kurzen, erschrockenen Blick, dem gleich ein winziges Lächeln gefolgt ist. Dann hat er wieder weggeschaut. Aber er hat gelächelt, ein bißchen, sie ist sich sicher. Hoffentlich hat er ihr Lächeln noch gesehen. Sie wendet sich unschlüssig der Decke zu, lieber würde sie zum Wasser gehen, aber das kann sie doch nicht machen, oder? Ja, wenn sie so schwimmen könnte wie er!

Sie kramt in ihrem Beutel. Das Französischbuch, das sie eigentlich nur wegen Mutter mitgenommen hat, gerät ihr in die Finger. Gut so. Sie schlägt es auf und starrt den Text an, ohne ein Wort zu begreifen.

Tobias wird es unbehaglich. Er weiß sie in seinem Rükken. Was tut sie? Schaut sie ihn an? Lange kann er so nicht mehr stehenbleiben. Auf dem See ist nichts zu sehen, was sein Schauen rechtfertigen würde. Außerdem fröstelt er. Um genau zu sein: ihm wird jämmerlich kalt. Das Wasser

2 4831-14

tropft noch immer – langsamer jetzt – aus seinem Haar in den Nacken. Er wischt sich mit beiden Händen übers Gesicht, streift die Haare nach hinten, drückt das Wasser heraus und zaust mit allen zehn Fingern darin herum, damit es nicht geschleckt aussieht. Mitten in der Bewegung dreht er sich um, denn das Haar gibt ihm zu tun.

Sie schaut in ein Buch, er registriert es mit einem verstohlenen Blick, und da sie nicht hochguckt, kann er sie betrachten. Sie gefällt ihm. Ist bestimmt nicht älter als er, auch wenn alles an ihr dran ist, ja, das ist nicht zu übersehen. He, sie hat ja dasselbe Französischbuch wie er! Wenn man darüber nicht reden kann …

„Hallo“, sagt er im Vorübergehen, in der Hoffnung, daß sie ihn anschauen und etwas sagen wird.

Ihr Blick verweilt aber an seinem Knie. Dann nimmt sie den Kopf hoch, schüttelt die Haare in den Nacken und sagt: „Du blutest!“

Er schaut an sich hinunter. Und tatsächlich: aus einer Schürfwunde am Knie sickert Blut und läuft, vermischt mit Wasser, sein Schienbein hinab.

„Ach“, sagt er, „hab' ich gar nicht gemerkt. Das trocknet bereits.“

„Du solltest ein Pflaster draufmachen“, sagt sie eifrig.

„Ach nö.“

„Doch, solltest du. Damit kein Dreck reinkommt.“ Er ist nicht zimperlich, denkt sie.

Sie ist nett, denkt er.

Aber er kann nicht ewig so stehenbleiben. Sie hat die Augen wieder auf die Decke gesenkt.

„Tja“, beginnt er, „ich muß los.“

Da sagt sie im selben Augenblick, hochschauend: „Du heißt Tobias, nicht?“

Sie lachen.

„Wie heißt ’n du?“

„Martina“, sagt sie und rückt auf der Decke ein Stück zur Seite. Ihre Hand macht eine einladende Geste.

J. Monika Walther

Currywurst und Kebab

„Haut ab!" schreit Anna und rast mit dem Fahrrad im Zickzack durch die schmale Fußgängerpassage. Haarscharf fährt sie an den einkaufenden und hastenden Leuten vorbei. Anna fährt freihändig, und neben dem Rad springt in weiten Sätzen ihr großer schwarzer Hund, der ständig ein brummiges Gesicht zieht und immerzu schlabbert. Der Hund heißt Wolf, weil Anna sich von ihrer Mutter keinen Hund gewünscht hatte, sondern einen Wolf. Aber Mütter sind ja manchmal so uneinsichtig vernünftig, und deshalb schenkte Annas Mutter Anna einen schwarzen Hund. Den nannte Anna Wolf. Und das Besondere an Wolf ist, daß er am liebsten Marmeladenbrötchen frißt. Frische Brötchen mit sehr viel Marmelade.

„Haut ab!" schreit Anna und achtet nicht auf die schimpfenden Fußgänger. Anna kennt die Erwachsenen, die schimpfen gerne und oft und wegen jeder Kleinigkeit.

Das ist jedenfalls Annas Meinung. Und auch deshalb macht es ihr Spaß, mit dem Fahrrad auf Gehwegen ganz schnell oder auf Straßen ganz langsam und immer in der Mitte zu fahren. Und die Leute, das weiß Anna schon, schimpfen um so länger und lauter, je genauer sie sich Anna anschauen. Denn was sehen sie? Sie sehen ein freches Mädchen mit einem großen schwarzen Hund, der keinem Menschen Platz macht. Und sie sehen ein Mädchen mit schwarzen Stiefeln, schwarzen Hosen, einer viel zu großen Lederjacke und schwarzen, viel zu kurz geschnittenen Haaren. Sie sehen auch, daß Annas Haare zur Hälfte, genau bis zum Scheitel, knallgelb gefärbt sind. Gegen den Willen ihrer Mutter. Und wenn die nicht so entsetzt geschaut hätte, als Anna mit den gelben und schwarzen Haaren nach Hause kam, hätte Anna zugegeben, daß sie die gelben Haare überhaupt nicht mag. Denn als ihre beste Freundin Marlene, die die gelbe Farbe in Annas Haare geschmiert hatte, Anna einen Spiegel vor das Gesicht hielt, da hatte Anna laut geschrien und sich ein Handtuch um den Kopf gewickelt. Marlene war stolz auf ihre Arbeit, nur Anna gefiel sich gar nicht mit den grellgelben und schwarzen Haaren. Aber das hätte sie nie im Leben zugegeben. Und schon gar nicht gegenüber ihrer Freundin Marlene, die ihre Haare blau und grün und rot färbt und seit einer Woche stolz eine Sicherheitsnadel im Ohr trägt.

Anna springt von ihrem Rad, wirft es gegen die Schaufensterscheibe der kleinen Bankfiliale und stiefelt in die Schalterhalle. Sie hat sich viel vorgenommen, und deshalb macht sie viel Krach und läßt die schwere Tür mit

Schwung hinter sich ins Schloß fallen. Wolf läuft neben Anna und schubst eine Frau beseite. Die schimpft.

„Hunde sind verboten!" sagte ein junger Mann.

„Mein Hund ist nicht verboten!" sagt Anna und geht weiter. Aber sie weiß nicht wohin. „Gibt es hier einen, der das Sagen hat?" fragt sie den Mann, der Anna und dem Hund nachläuft und immer wieder sagt, daß alle Hunde verboten sind.

Die Leute in der Bank schauen zu Anna, dem Hund und dem jungen Mann, der aufgeregt mit den Armen in der Luft rudert. „Was willst du überhaupt?" fragt der Mann, der im ersten Lehrjahr ist und in dieser Woche schon zweimal von seinem Vorgesetzten ausgeschimpft und ermahnt worden ist, weil er völlig falsche Zinsen in ein Sparbuch eingetragen und einen Stapel Akten auf Nimmerwiedersehen verräumt hatte.

„Ich will zu dem, der hier am meisten zu sagen hat", sagt Anna und bleibt breitbeinig stehen. Und der Hund Wolf nimmt Platz.

„Hast du einen Termin?" fragt der junge Mann.

„Was ist das?" fragt Anna, aber dann fällt ihr ein, was ein Termin ist, und sie sagt schnell: „Ja, klar habe ich einen Termin."

Der Mann verdreht die Augen und sagt: „Komm mit! Aber benimm dich!"

„Eh", sagt Anna, „wer bin ich denn?"

Die beiden verlassen die Schalterhalle und gehen durch einen langen Gang. Der ist ausgelegt mit einem dicken roten Teppichboden, und an den Wänden hängen viele Bilder, aber die gefallen Anna nicht. Dann öffnet der Mann eine Tür, und da stehen Stühle wie in einem Wartezimmer beim Zahnarzt, und Anna soll Platz nehmen. Anna muß warten. Sie schaut alle zwei Minuten auf ihre Uhr, und als vierzehn Minuten verstrichen sind und sie sich fast zu Tode gelangweilt hat, öffnet eine feine Dame die Tür und bittet Anna mit Erstaunen in das nächste Zimmer. Dort sitzt ein Mann mit Bauch und grauen Haaren.

„Wer bist du?“ fragt der Mann und bleibt in seinem Sessel hinter dem Schreibtisch mit weit geöffnetem Mund sitzen.

„Ich bin Anna Kowalski“, sagt Anna und weiß nicht, wohin mit ihren Händen.

„Und was willst du? Wie alt bist du überhaupt?“ fragt der Mann, der das Sagen in dieser Bank hat. Der Mann ist ungeduldig und ärgert sich, daß es Anna gelungen ist, bis in sein Zimmer zu kommen, und noch mehr ärgert er sich über den Lehrling, der ihm dieses Mädchen aufgehalst hat.

„Ich bin dreizehn“, sagt Anna, „aber das geht Sie gar nichts an! Wie alt bist du denn?“ In ihrer Aufregung vergißt Anna, daß die Erwachsenen mit einem Sie angeredet werden wollen. Warum die das wollen, versteht Anna nicht, obwohl die Lehrer es schon hundertmal erklärt haben.

Der Mann, der das Sagen in der Bank hat, macht seinen Mund auf und zu, aber Anna hört nichts. Der Mann sagt auch nichts, er regt sich auf.

Anna nimmt all ihren Mut zusammen und sagt: „Ich will, daß Sie meiner Mutter Geld geben. Wir brauchen dringend fünftausend Mark.“

„Wer nicht kreditwürdig ist, bekommt kein Geld“, sagt

der Mann sehr bestimmt. „Und Kinder bekommen erst recht kein Geld."

„Ich bin kein Kind!" sagt Anna. „Und meine Mutter und ich, wir brauchen das Geld. Unser Auto ist kaputt. Und ohne Auto kommt meine Mutter nicht zur Arbeit."

Der Mann läßt sich durch die feine Dame die Bankunterlagen der Kowalskis bringen, liest sie und schüttelt den Kopf. „Nein, nein", sagt er, „da ist nichts zu machen. Keine Sicherheiten, ein kleiner Verdienst. Nein, nein. Da muß deine Mutter eben zur Arbeit laufen."

„Zehn Kilometer?" fragt Anna entsetzt.

„Sie kann ja auch mit dem Zug fahren", sagt der Mann, der das Sagen hat.

„Da fährt kein Zug hin. Auch kein Bus. Meine Mutter braucht ein Auto. Wenigstens ein kleines", sagt Anna sehr laut und geht um den großen Schreibtisch herum und stellt sich breitbeinig vor den Mann.

„Geh weg!" sagt der Mann. „Geh weg! Weder du noch deine Mutter bekommt von mir und meiner Bank auch nur einen Pfennig." Der Mann meint es ernst. Er mag Anna nicht, die kein bißchen wie ein nettes Mädchen aussieht, und er mag Leute wie die Kowalskis nicht, die nie genügend Geld verdienen, um ihr Konto nicht überziehen zu müssen. Der Mann wedelt mit den Händen, ruft nach der feinen Dame, die seine Sekretärin ist, und schimpft. Der Hund knurrt und legt seine Vorderpfoten auf den Schreibtisch.

Anna ist wütend auf sich. Sie hat alles falsch gemacht. Annas Mutter hat die Bank um einen Kleinkredit gebeten, aber die haben ungerührt nein gesagt. Keinen Pfennig.

Anna weiß nicht ganz genau, wieviel fünftausend Mark sind, aber sie weiß doch, daß es ein Haufen Geld ist und daß sie und ihre Mutter Hilfe brauchen. Anna streitet sich oft mit ihrer Mutter, wegen der Unordnung, den gelben Haaren, den schmutzigen Stiefeln, und weil Anna in der Schule zwar nicht ganz schlecht ist, aber auch nie gute Noten im Zeugnis stehen. Anna kommt immer gerade so durch. Von Klasse zu Klasse. Und was sie werden will, weiß sie auch nicht. Sie weiß nur, daß sie später mehr Geld verdienen möchte als ihre Mutter, damit sie ihr unter die Arme greifen kann.

„Eh!“ sagt Anna zu dem Mann, der in der Bank das Sagen hat, „wer bin ich denn!“ Und dann tritt sie gegen den großen Schreibtisch, pfeift nach ihrem Hund und geht. Sie knallt die Tür zu und rempelt ein paar Leute in der Schalterhalle an. Heulen möchte Anna, aber sie tut es nicht.

Draußen auf der Straße schiebt Anna ihr Fahrrad, tritt nach leeren Dosen, und trotzdem fällt ihr nicht ein, wie sie ihrer Mutter helfen kann. Sie geht zu Celias Imbißbude. Jeden Nachmittag treffen sich Anna und ihre Freundinnen bei Celia. Celias Imbißbude ist nicht nur einfach eine Imbißbude. Bei Celia ist alles ein bißchen anders.

Bei Celia gibt es Bratwürste und Currywürste, Pommes mit Majo und Ketchup, Erbseneintopf und türkisches Kebab und sogar Schaschlik und kleine und große Pizzen. Bei Celia frühstücken und schwätzen die Lastwagenfahrer, holen die Leute aus den Büros ringsum ihr Mittagessen, und Celia kocht für die Alten auf der Straße. In Celias Imbißbude stehen ein alter Flipper und zwei Spielautomaten. Und es gibt eine riesige Theke, hinter der Celia brät und kocht, und viele kleine Stehtische. Celia und ihr Mann kommen aus Istanbul, aber das ist schon so viele Jahre her, daß Celia immer überlegen und rechnen muß, wenn Leute sie fragen. Celias Sohn heißt wie sein Vater, nämlich Aras mit Vornamen und Ören mit dem Nachnamen. Aras geht mit Anna in eine Klasse. Aras kennt Istanbul nur von zwei kurzen Besuchen in den Schulferien, und Türkisch kann er kein Wort. Wozu auch.

Aras hilft seiner Mutter fast jeden Nachmittag, aber wenn Anna kommt, und sie kommt jeden Nachmittag, dann läßt er alles fallen, und Celia lacht und läßt ihn weg.

Der Hund Wolf weiß, daß er nicht hineindarf in Celias Imbißbude und bleibt vor der Tür sitzen und schaut manchmal nach Anna, und dann bellt er. Anna ist so wütend, daß sie Aras beiseite schubst.

„Laß mich in Ruhe", sagt Anna und streckt Aras die Zunge heraus.

Aras macht Anna eine lange Nase und fragt: „Die haben dir kein Geld gegeben?"

„Nein!" sagt Anna. „Kinder und Kowalskis bekommen keinen Kredit."

„Aber meine Mutter", sagt Aras stolz. „Meine Mutter bekommt Kredit."

„Und was hat meine Mutter davon?" fragt Anna. Aber Aras antwortet nicht. Aras wirft zwei Mark in den Flipper, drückt zweimal und sagt: „Du zuerst. Wer verliert, bezahlt."

„Du bist gemein", sagt Anna und weiß nicht, warum sie das sagt. Anna schießt ihre erste Kugel mit Schwung und

Wut ab und macht eine Million Punkte. Das hat sie noch nie geschafft. Noch nie hat sie sich zwei Extrakugeln erspielt, und noch nie hat sich zur Belohnung ihres Könnens der Commander des Raumschiffes gezeigt und ein unsägliches Geheul und Gefiepe von sich gegeben.

„Du bist gut." Aras freut sich mit Anna, aber er ist nicht ganz ehrlich, er hofft, daß er besser spielen wird und noch mehr Punkte bekommt. Er spielt ehrgeizig und ernst, aber nicht lange, denn seine erste Kugel saust in der Mitte durch. Aus. Bei lächerlichen fünfzigtausend Punkten. Aras stößt wütend gegen den Flipper. Anna lacht und tanzt durch Celias Imbißbude. Bis der Krach, die Schreierei lauter ist als ihr Lachen. Da hört Anna auf zu lachen und zu tanzen, und sie sieht, wie die Schaufensterscheiben von Celias Imbißbude mit schwarzer Farbe vollgesprüht werden. Kreise, Striche, Kleckse und ein Hakenkreuz. Der Hund bellt und springt einen der jungen Kerle an. Anna erkennt zwei aus ihrer Klasse. Sie rennt hinaus auf die Straße.

„Was wollt ihr?" schreit Anna. „Ihr Affen!" Aber da packt sie der Älteste und schiebt sie vor sich her, hinein in die Imbißbude, bis an die Wand.

„Bist du mit diesen Kanaken befreundet?"

„Ja", sagt Anna ziemlich leise, weil sie Angst hat. Aber im selben Augenblick hat sich der Hund eines der Anführerbeine geschnappt, und Aras und Celia schlagen mit Kochlöffel und Fäusten auf den ein, der Anna festhält und beschimpft. Der weiß gar nicht, wie ihm geschieht und gegen wen er sich zuerst wehren soll. Der Hund läßt nicht locker und zieht und zerrt, und Aras und Celia hören nicht auf mit Schlagen. Der Anführer läßt Anna los, tritt nach dem Hund, boxt Aras zu Boden, ohrfeigt Aras' Mutter und will aus der Imbißbude rennen, aber da stehen ihm die anderen im Weg, die zugesehen und gelacht haben, laut und schadenfroh. Auch die aus Annas Klasse.

„Wir kommen wieder“, schreit der Anführer, „und dann rechnen wir ab.“ Er tritt und schlägt nach dem Hund, der immer wieder zupackt, und er schlägt gegen die gläserne Theke, bis eine der Scheiben zerspringt. Als es klirrt, sind alle erschrocken, und die Bande rennt weg. Den Hund hält Anna fest. Sie setzt sich auf den Boden und weint. Aras setzt sich neben sie und reibt sich die Augen und sagt nichts. Und Celia geht zur Tür und schließt ab und sagt: „Die kenne ich alle. Die haben schon alle hier gegessen, und ich habe ihnen Kebab geschenkt oder eine Currywurst.“

Aras steht auf und sagt: „Zwei sind aus meiner Klasse.“ Dann nimmt Aras ein Brötchen, schneidet es durch und beschmiert es dick mit Butter und noch dicker mit Marmelade und gibt es Wolf. Der hört auf, Annas Gesicht abzulecken und verschlingt mit einem Bissen, schlabbernd und mit einem lauten wohligen Seufzer sein Marmeladenbrötchen.

Ihrer Mutter erzählt Anna kein Wort von dem Mann, der in der Bank das Sagen hat und gesagt hat, daß die Kowalskis kein Geld bekommen, aber während des ganzen Abendessens redet Anna in vielen Worten von Celia und Aras und von dem Überfall auf die Imbißbude.

„Ich halte mit Aras und Celia heute nacht Wache!“ sagt Anna stolz.

„Einen Teufel wirst du tun“, schimpft Annas Mutter. „Du bleibst zu Hause und gehst ins Bett.“

Aber Anna gibt sich nicht geschlagen. „Aras ist mein Freund. Und ich bin kein Kind mehr. Du kannst ja mitkommen.“ Anna redet und redet, und erzählt von den zwei fiesen Typen aus ihrer Klasse. „Die haben mich ausgelacht. Die haben Kanakenbraut zu mir gesagt. Was ist eine Kanakenbraut?“

„Das ist, wenn“, sagt Annas Mutter, und dann sagt sie nichts mehr, räumt den Tisch schnell ab. „Komm, wir gehen zu Celias Imbißbude. Wer weiß, vielleicht braucht sie unsere Hilfe. Aber die ganze Nacht bleibst du nicht auf. Ehrenwort.“ Die Mutter hält Anna ihre Hand hin, und Anna sagt okay. Das machen Anna und ihre Mutter immer so, wenn sie sich nicht ganz einig sind. Ehrenwort, sagt Annas Mutter dann, und Anna sagt okay. Und der Hund bellt.

Die schwarzen Kreise, Striche und das Hakenkreuz haben Celia und Aras schon von den Scheiben gewischt und gekratzt. Celia, ihr Mann und Aras sitzen im Dunkeln in der Imbißbude und haben Angst.

„Was sollen wir tun?“ fragt Celias Mann. „Anzeigen oder so tun, als wäre nichts geschehen?“

„Ich weiß nicht“, sagt Annas Mutter, die sich die ganze Geschichte noch einmal von Celia erzählen läßt. „Keiner kann Tag und Nacht aufpassen.“ Und dann erzählt Annas Mutter von ihren Sorgen mit dem Geld und der Bank und dem kaputten Auto, das sich nicht mehr reparieren läßt.

„Tausend Mark kann ich geben“, sagt Celia. Und Celias Mann sagt: „Ich bin Automechaniker. Ich kann ein gebrauchtes Auto suchen. Ein billiges."

„Aber das geht doch nicht!" sagt Annas Mutter. „Wir kennen uns kaum."

„Ich kenne Anna gut", sagt Celia. „Anna ist in der Schule faul wie Aras, aber Anna ist in Ordnung." Das hat Annas Mutter noch nie erlebt, daß jemand ihr helfen will, weil Anna in Ordnung ist. Sie weiß gar nicht, wo sie vor Verlegenheit hinschauen soll. Und dann sagt sie schnell Ehrenwort und hält Celia und ihrem Mann die Hand hin. Und Anna freut sich.

Zwei Stunden erzählen Celia und ihr Mann und Annas Mutter einander ihre Sorgen, reden von ihren Plänen und Hoffnungen. Der Hund, Anna und Aras sitzen auf dem Boden hinter der Tür, kauen große rote Gummibären und spähen hinaus. Anna und Aras rutschen immer enger zusammen, und wenn sie ihre Köpfe vorstrecken, berühren sie sich. Aras schielt, um Anna ansehen zu können, ohne daß die es bemerkt, und Anna drückt sich ihre Fingernägel in die Handflächen, weil sie keinen roten Kopf bekommen will. Anna läuft immer rot an im Gesicht, wenn sie unsicher oder aufgeregt ist.

Aras hört das Johlen und Schreien zuerst.

„Sie kommen! Sie kommen! Es sind viele." Aras stopft sich vor Schreck die halbe Tüte Gummibärchen in den Mund und verschluckt sich. Anna klopft ihm auf den Rücken, und als Aras aufhört zu husten, um Gummibärchen auszuspucken, umarmt ihn Anna, und Aras sagt: „Ich liebe Gummibären", aber das war das allerletzte, was er hatte sagen wollen.

Die Schreihälse rennen vorbei an Celias Imbißbude,

und jeder von ihnen wirft einen Pflasterstein in die Schaufensterscheiben. Mit aller Kraft. Und dann hauen sie ab. Die Scheiben klirren, zerspringen in tausend Splitter. Nachbarn reißen ihre Fenster auf, rufen laut Ruhe und schauen zu, wie die Kerle wegrennen, wie Annas Hund aufgeregt jault und Celia und ihr Mann, Aras, Anna und ihre Mutter hilflos auf der Straße stehen. Nur einige der Nachbarn ziehen sich an und kommen und helfen. Sie kehren die Splitter zusammen, rufen die Polizei an, und einer schleppt sich sogar mit Latten und Brettern ab.

„Ich vernagle die Schaufenster mit dem Holz, dann kann bis morgen früh nichts passieren, und Sie können schlafen“, sagt der Mann und macht sich an die Arbeit.

Celia kocht Kaffee und formt blitzeschnell viele kleine Pizzen. Celia weint, wischt sich die Augen trocken, arbeitet und weint wieder. Trösten kann sie niemand. Anna und Aras helfen ihr, belegen die Pizzen mit Tomatenscheiben, Salami und Käse. Anna und Aras schubsen und stoßen einander, kichern und machen gleich wieder ernste Gesichter.

„Wir müssen mit den beiden aus unserer Klasse reden“, sagt Aras. „Wir müssen sie stellen.“

„Die sind aber größer und stärker“, sagt Anna.

„Das macht nichts“, sagt Aras. „Sie sind feige. Sie rennen weg. Und wir sind zu zweit und rennen nicht weg.“

„Ja“, sagt Anna und schwört sich, ihren Hund in die Schule mitzunehmen.

Als aufgeräumt ist, sitzen und stehen die Nachbarn und Celia und ihr Mann, Anna und Aras und Annas Mutter in der Imbißbude und essen Pizza, und alle reden durcheinander. Und dann gehen alle nach Hause. Auch Anna und ihre Mutter und der Hund Wolf, der von allen gefüttert worden ist.

„Wir laufen morgen nicht weg“, sagt Aras.

„Ich laufe nicht weg“, verspricht Anna. „Ich bringe Wolf mit. Dann kann nichts passieren.“

Als Annas Mutter schläft, schleicht sich Anna zuerst in die Küche und schmiert Marmeladenbrötchen für Wolf, und dann durchsucht sie die Handtasche ihrer Mutter nach dem Lippenstift. Anna malt sich ihre Lippen dunkelrot und schaut sich lange im Spiegel an. Sie streckt sich die Zunge heraus und sagt: „Eh, wer bin ich denn?“

Sabine Jörg

Hanne und Hein

Von klein auf waren sie zusammengewesen: Hanne Janssen und Hein Krüger. Sie hatten zusammen Laufen gelernt. Sie hatten gemeinsam am Strand gespielt und den Schiffen nachgewunken. Und dann waren sie auch zusammen zur Schule gekommen.

Die Mütter scherzten über ihre „Zwillinge“, aber Hanne und Hein sahen sich überhaupt nicht ähnlich. Hein war ein blonder Junge mit blauen Augen und blasser Haut. Hanne war brünett. Sie hatte gelockte Haare und große braune Augen.

„Dascha man ne hübsche Deern“, fand sogar der Dorfpastor Rohde. Das wollte was heißen. Kinder mochte der alte Rohde nämlich nicht. Aber er nahm sich in acht, denn Hannes Mutter fand es ungehörig, daß ausgerechnet der Pastor Kinder ablehnte. Frauke Janssen war eine resolute Frau. Sie ersetzte meist den Vater, ihr Mann war selten zu

3 4831-14

Hause. Als Hochseefischer blieb Pit Janssen oft wochenlang auf See.

Auch Georg Krüger arbeitete auf dem Meer, oder, besser gesagt, im Meer. Er war Krabbenfischer, fing die Tiere, im Wasser stehend, mit einem über einen Bügel gespannten Netz, dem „Krautjallen". Er arbeitete hart, verdiente nicht viel, er konnte jedoch jeden Tag mit seinen Kindern zusammen essen und spielen. Für Hanne war er wie ein zweiter Vater. Sie half, Netze zu flicken, sie schrubbte Kisten und pulte Krabben, immer gemeinsam mit Hein.

Hanne ud Hein gehörten zusammen, das war jedem klar. Sie waren zwei, die nicht erst zueinanderfinden mußten. Und wenn Hannes' Vater mal zu Hause war und den beiden zusah, schmunzelte er und sagte zu seiner Frauke: „Dat gibt mol hübsche rothaarige Kinners!"

Aber kurz nachdem Hein vierzehn Jahre alt geworden war, hatte das Leben auf dem nordfriesischen Land ein Ende. Hein sollte zur See fahren, sich nicht wie sein Vater herumschlagen mit der Krabbenfischerei an der Küste, er sollte es besser haben, und gleich auf einem modernen Dampfschiff lernen.

Hein wußte, daß die Eltern es gut meinten, aber er war noch so jung. Er wäre lieber hier geblieben, bei seinen Geschwistern, bei Hanne. Er bat den Vater: „Und wenn ich in die Lehre gehe, zum Schmied oder zum Müller?"

Der Schmied hatte selbst drei Söhne, und der Müller war noch jung, da fiel nichts ab für einen Lehrling. Daher verstand Hein gleich, als der Vater nur abwinkte: „Ach, was, Hein!"

Es blieb ihm nichts anderes übrig: Auf der *Seeschwalbe* – einem großen Frachtschiff – würde er Arbeit bekommen. Vielleicht könnte er sogar einmal Steuermann werden.

Während der Wochen vor der Abreise sah man Hein und Hanne noch öfter als sonst beieinander. Hand in Hand gingen sie am Strand entlang. Sie redeten nicht viel. Aber Hanne drückte ihrem Hein fest die Hand. Er mußte nun weg, in eine Welt, die er nicht kannte, mußte hart arbeiten. Schließlich sagte Hanne: „Darfst nicht traurig sein, hast doch mich."

Hein nahm sie in den Arm. Er ließ seinen Kopf auf ihre Schulter sinken, ließ die Tränen rollen. Er hatte Angst, er wußte selbst nicht recht, wovor. Eine düstere Ahnung war es, die ihn verfolgte. Aber er wehrte sich dagegen, er wollte diesen „Aberglauben" abschütteln: „Dummes Zeug!" sagte er.

Hanne sah ihn überrascht an. Dann lachte sie. Auch Hein lachte nun. Gemeinsam lachten sie an gegen ihre Angst.

Der Tag der Abreise kam. Hein war vollbepackt mit Wäsche, mit Proviant und Kuchen. Um den Abschiedsschmerz zu mildern, hatte Hanne noch dieses und jenes in seinen Seesack gepackt, Süßigkeiten, einen neuen Schal, getrocknete Apfelscheiben und ein kleines Bild.

Schon gegen vier Uhr morgens ging es los. Der Nachbar, Uwe Uthoff, sollte Hein auf seinem Kutter nach Hamburg bringen. Uthoff war ein gemütlicher alter Seebär. Zusammen mit seinen Söhnen Jens und Frank machte er das Schiff klar. Hein stand hilflos herum, obwohl er doch sonst immer kräftig zupackte. Und an der Hafenmole hatten sich Heins Mutter und Hanne und ihre Mutter versammelt. Sie standen da unter dem schwarzgrauen Himmel und beobachteten die Vorbereitungen. Endlich legte das Schiff ab. Hein winkte den Wartenden noch einmal zu, dann half er, die Segel zu setzen.

Die Mütter wandten sich zum Gehen. Sie riefen Hanne, mit ihnen nach Hause zu kommen. Aber Hanne blieb. Unverwandt blickte sie in Richtung des Schiffes, das Hein nach Hamburg bringen würde. Der Wind zerrte an ihren Kleidern, Hanne achtete nicht darauf. Sie stand da, sah dem Schiff nach, das kleiner und kleiner wurde. Hein war nun nicht mehr zu sehen, aber er war bei ihr, das spürte Hanne. Wie um alle Zweifel zunichte zu machen, sagte sie es laut gegen den Wind: „Hein, bist ja da!"

Hein segelte in Richtung der großen Stadt. Zuerst nahm Uwe Uthoff Kurs nach Westen, hielt auf Helgoland zu, um dann auf offener See, wo es keine Untiefen mehr gab, nach Süden abzudrehen. Hein kannte Uwe Uthoff gut, er mochte Jens und Frank, auch das Schiff, und doch schien diesmal alles anders. Er fühlte sich fremd, brachte kaum ein Wort heraus.

„Halte dich ja von den Auswanderern fern!" scherzte Jens. Hein verstand nicht mal, was er meinte. Er zählte nicht zu denen, die die Unruhe forttreibt von zu Hause, er war immer zufrieden gewesen an der nordfriesischen Küste. Bis zum Hamburger Hafen war Hein nie gekommen. Doch er hatte genug Phantasie, um sich fremde Städte oder Länder vorzustellen, und er hätte das Reisen gerne seiner Phantasie überlassen...

Durch einen nordwestlichen Wind erreichten sie die Elbe schneller als erwartet. Auf dem Fluß verkehrten Überseeschiffe, Boote und Frachter, und Hein wurde es immer beklommener zumute. Er starrte auf die Schoner, die knapp an ihnen vorbeisegelten. Er versuchte, die Namen zu entziffern, die die Dampfboote trugen.

Uwe Uthoff steuerte vorbei an Finkenwerder, vorbei an vielen Schleppern. Unzählige Masten ragten in den Himmel, und irgendwo unter diesem Gestrüpp von Segeln, Tauen und Netzen mußte auch die *Seeschwalbe* liegen, mit der Hein nach Südamerika fahren sollte...

Der alte Uthoff kannte sich aus. In dem Durcheinander der Bohlen und Landungsstege fand er bald einen Liegeplatz. Sie machten fest, und schon flog Heins Seesack an Land. Jens und Frank verabschiedeten sich mit festem Händedruck von ihrem Freund. Als sie Heins trauriges Gesicht sahen, wollte ihnen kein passendes Wort mehr einfallen, und sie blieben stumm wie Hein. Der alte Uthoff aber sog an seiner Pfeife und sagte: „Komm man, min Jung."

Hein war froh. So mußte er nicht ganz allein den Dampfer suchen gehen. Er schulterte den Seesack und folgte Uwe Uthoff. Die vielen Menschen, das laute Schreien und Rufen waren Hein so fremd, daß er immer wieder zusammenzuckte, zurückwich vor den Hafenarbeitern, die sich dreist ihren Weg freirempelten.

Endlich fanden sie die *Seeschwalbe*. Hein stand staunend davor, und ihn überkam so etwas wie Stolz: Mit diesem großen Dampfer sollte er auf Reisen gehen, er, der in seinem Leben noch nie ein solches Schiff von nahem gesehen hatte.

Uwe Uthoff ging voran, die Landungsbrücke hinauf, und fragte nach dem Kapitän. Der, ein stämmiger, untersetzter Mann, musterte Hein von oben bis unten. Schließlich sagte er: „Besonders kräftig ist der aber nicht." Er kraulte sich seinen Bart, den Blick unverwandt auf Hein gerichtet. „Was hast 'n bisher gemacht?" wollte er wissen.

Hein antwortete artig: „Ich bin zur Schule gewesen."

Fast ärgerlich erwiderte der Kapitän: „Worauf's hier ankommt, das lernt man in keiner Schule. Ab in den Maschinenraum!" Mit diesen Worten ließ er die beiden stehen.

Einen Augenblick lang war Uwe Uthoff ebenso ratlos wie Hein. Dann aber klopfte er dem Jungen aufmunternd auf die Schulter: „Wird schon werden!" Er streckte seine große Hand aus, und das hieß, daß Hein nun endgültig alleine zusehen mußte, wie es weiterging.

„Danke", murmelte Hein, und Uwe Uthoff verließ das Schiff.

Was Hein in den folgenden Monaten erleben sollte, war mehr als er sich in seinen schlimmsten Träumen hätte ausmalen können. Er stand diese Zeit nur durch, weil er vor Anstrengung und Übermüdung nachts so fest schlief, daß er gar nicht dazu kam, über sein Unglück nachzudenken. Schon im Hamburger Hafen, in dem die *Seeschwalbe* noch fünf weitere Tage verblieb, drangsalierte ihn James, der Maschinist, auf jede erdenkliche Art und Weise. Aber nicht nur er, auch die anderen Seeleute machten sich ein

Spielchen daraus, den unerfahrenen Jungen zum Narren zu halten und zu erschrecken. Das hatte Hein nicht geahnt, daß neben der harten Arbeit auch noch solche Bosheiten auf ihn warteten.

Er dachte an Hanne, an die heiteren Tage. Hein grämte sich. Aber er würde sich nicht einschüchtern lassen. Nein! Er wollte sich auf sein Handwerk konzentrieren.

Es wurde schwer. Für die Überfahrt nach Südamerika brauchte die *Seeschwalbe* viele Wochen. Unwetter und ungewöhnlich hoher Wellengang machten dem Schiff zu schaffen. Tief unten im Schiffsrumpf, in dem er arbeitete, sah Hein nichts von dem tobenden Meer. Und doch war er ihm während jeder Minute ausgeliefert: Eingepfercht in den stinkigen, überhitzten Maschinenraum, machte er die rollenden Bewegungen, das Auf und Nieder des Schiffes, mit. Ihm war schwindelig und übel. Sein Kopf dröhnte, aber Hein biß die Zähne zusammen.

Nach zahllosen grauenvollen Tagen war der andere Kontinent endlich erreicht. Hein, von oben bis unten verklebt mit Maschinenöl, bekam für einige Zeit festen Boden unter die Füße. Auch wenn es weiterhin genug zu tun gab, so war es ihm immerhin erlaubt, täglich ein paar Stunden an Land zu verbringen. Die Schiffsleute schleiften Hein mit in die fremde Stadt. Sie waren wie ausgewechselt, munter und zu Scherzen aufgelegt.

„Dat iss mine rechte Hand, mine Krücke!“ lachte James und schlug Hein freundschaftlich auf den Rücken.

Die Männer eroberten mit lauter Fröhlichkeit Kneipen und Bordelle. Als Hein sich weigerte, mit einer Frau aufs Zimmer zu gehen, lachten sie ihn aus. Da lief er zurück zum Schiff, setzte sich an Deck und starrte durch alle Dinge hindurch. Inmitten der subtropischen Hitze, des fremden, feucht-fauligen Hafengeruchs sah er den Nordseestrand, sah Hanne lachen, fühlte sogar ihre Hand an seiner Wange.

Hein bekam Fieber, hohes Fieber. Er erwachte von James' lautem Schimpfen: „Immer das gleiche mit diesen Muttersöhnchen! Besaufen sich und vertragen nichts!" James flößte Hein Rum mit Zitronensaft ein. Sein Rezept lautete: Den Teufel treib mit dem Belzebub aus. In Wirklichkeit war dieser Rum Heins erster und auch letzter Alkohol.

Die Rückreise erlebte er wie einen bösen Traum. Er schlief, wann immer es möglich war. James weckte ihn mit schallenden Ohrfeigen und dennoch nickte Hein immer wieder ein. Er fühlte sich matt wie ein Greis.

Nach einer höllischen Fahrt machten sie schließlich in Hamburg fest. Abgemagert und entkräftet, schlug Hein sich durch: Ein Stück mit der Kutsche, ein Stück zu Fuß, und dann mit der neuen Bahn, die zwischen Hamburg und Tondern verkehrte. Endlich, endlich kam er nach Hause!

Freunde und Verwandte begrüßten ihn überschwenglich. Der alte Uthoff und Jens und Frank kamen herüber, doch Hein redete nicht. Er war müde, schlief zwanzig Stunden ohne Unterbrechung. Als er erwachte, hatte er endlich etwas Farbe im Gesicht und wirkte nicht mehr ganz so ausgezehrt.

Mit Hanne ging er hinunter zum Strand, wie in alten Zeiten. Sie sprachen nicht viel, das hatten sie nie getan.

Doch was Hein auf der *Seeschwalbe* erfahren hatte, war so verschieden von den Erlebnissen mit Hanne, daß er diese beiden Welten nicht miteinander in Verbindung zu bringen wußte. Das machte ihn jetzt stumm.

Je länger Hein zu Hause war, um so besser ging es den „Zwillingen" wieder. In Heins Erinnerung verblaßte allmählich die Zeit auf See, bisweilen hatte er sogar das Gefühl, alles nur geträumt zu haben. Die beiden benahmen sich wie Kinder, tobten herum und rannten am Strand entlang. Auf einem ihrer Spaziergänge fanden sie einen Seeadler. Das große Tier hockte in den Dünen, den einen Flügel merkwürdig abgespreizt, gebrochen. Hein näherte sich langsam dem Vogel.

Hanne flüsterte: „Paß auf, daß er nicht nach dir hackt!"

Aber Hein beruhigte sie: „Er tut mir nichts!"

Tatsächlich ließ sich das Tier von Hein behandeln. Vorsichtig wickelte er ein Taschentuch um die Wunde. Dann liefen sie weg und brachten Fische.

„Unser erstes Küken!" sagte Hanne.

„Wirst sehen, er wird wieder fliegen – und zurückkommen. So wie ich!" entgegnete Hein.

Tatsächlich wurde der Vogel schnell gesund und flog davon.

Hanne und Hein bauten sich in den Dünen ein Häuschen. Jeden Tag spülte das Meer Hölzer, Balken und Kisten an. Sie brauchten sich nur zu bedienen. Strandgut sammeln und raten, woher es wohl kam, das hatten sie auch früher schon gerne gemacht. Jetzt betrachtete Hein die von Salzwasser und Sand geschliffenen Hölzer mit anderen

Augen. Und Hanne kam plötzlich der Gedanke an Untergang: Die zerbrochenen Masten und Planken mußten doch von gesunkenen Schiffen herstammen, wer würde denn kostbares Holz einfach über Bord werfen?

So wunderbar lang die gemeinsame Zeit ihnen zunächst auch erschienen war, sie ging zu Ende. Diesmal sollte Hein mit dem Zug nach Hamburg fahren. Mit Hanne wartete er an der Bahnstation. Er wartete und zugleich wünschte er, der Zug möge nie den Bahnhof erreichen.

Als die Lok quietschend herannahte, hielt Hein sich die Ohren zu.

Und Hanne sagte, wohl weil er es jetzt nicht hören konnte: „Hein, komm gut wieder nach Hause!“ Sie strich ihm über das Haar.

Erst als der Schaffner schon die Türen zuschlug, stieg Hein ein. Der Zug setzte sich stampfend und schnaufend in Bewegung, und Hanne lief auf dem Bahnsteig mit. Eingehüllt in Rußwolken, winkte sie, rannte und winkte, bis ein Zaun sie zwang, zurückzubleiben. Hein lehnte aus dem Fenster, er hatte seine Jacke ausgezogen, und auch er winkte, schwenkte die Jacke durch die Luft. Als er sich endlich auf die Holzbank fallen ließ, fühlte er sich plötzlich leer, ausgehöhlt wie ein alter Baum.

Im Hamburger Hafen machte er sich auf die Suche nach der *Seeschwalbe*, er setzte einen Fuß vor den anderen, mechanisch, unbeteiligt an seinem eigenen Tun. Er fand das Schiff, ging sofort an Bord. Immerhin kannte er sich nun aus. Es gab einige andere Schiffsjungen, die er wieder traf. Inzwischen war er wohl auch kräftiger und tüchtiger geworden, er wurde nicht mehr so oft geschimpft.

Hein machte seine Arbeit auf See, er gewöhnte sich an die Bewegungen des Schiffes, und dennoch blieb er die ganze Zeit über in Gedanken an Land. Bauer hätte er werden mögen, das wäre seine Sache gewesen. Aber Heins Vorfahren waren alle Fischer gewesen, und alle hatte das Meer ernährt. Sie waren selbstverständlich zur See gefahren. Nur er verspürte ein Unbehagen gegenüber diesem Element, er traute dem Wasser nicht, eigentlich fürchtete er sich sogar vor dem Meer. Aber das hätte wohl niemand gelten lassen in der Familie Krüger...

Als die *Seeschwalbe* endlich Recife in Brasilien erreichte, war Hein froh, für ein paar Tage weder Stürmen noch Wellen ausgesetzt zu sein. Er verbrachte seine freie Zeit an Land. Doch er mußte erfahren, daß der schwankende Schiffsboden bisweilen sicherer war als das Festland: Als er sich eines Abends in der Nähe des Hafens von Recife umtat, um für Hanne eine Kette zu kaufen, kamen drei Männer auf ihn zu. Sie sprachen ihn an, er verstand kein einziges Wort. Sie schlugen ihn zusammen und raubten ihn aus.

Mit letzter Kraft schleppte Hein sich zum Schiff zurück. Er blutete aus der Nase, das rechte Auge war zugeschwollen, der linke Arm gebrochen. Immerhin wurde er an Bord weder ausgelacht noch beschimpft, sondern so gut wie es eben ging, versorgt. Es stellte sich heraus, daß er nicht der einzige war, der von einer räuberischen Bande mißhandelt worden war. Klas, sonst in der Küche beschäftigt, betätigte sich nun als „Schiffsarzt". Er schiente Heins Arm auf einem rohen Brett, legte ihm einen kalten Waschlappen aufs Gesicht und versuchte, ihn aufzumuntern: „Heile, heile, Hein!“ Obwohl Klas Spaß machte, war Hein ihm dankbar. Fast war er froh, nun schwach sein zu dürfen.

Noch nach Wochen, als Hein schon längst in seine nordfriesische Heimat zurückgekehrt war, hatte er ein blau unterlaufenes Auge. Aber der Arm war erstaunlich gut verheilt, es ging ihm sogar besser als je zuvor: Nur noch einmal sollte er nach Übersee fahren, danach dürfte er an der friesischen Küste arbeiten. Es gab nämlich eine große Neuerung in der Krabbenfischerei. Die Krabben wurden nun von Kuttern aus gefischt und mit der Bahn frisch zu den Märkten der Umgebung gebracht. Die Erträge waren riesig, das Geschäft ging gut. Georg Krüger wollte dafür sorgen, daß Hein auf einem Krabbenkutter unterkam. Schließlich war ihm nicht entgangen, daß der Junge unter den Überseefahrten sehr litt.

Jubelnd begrüßten Hanne und Hein diese unverhofften Aussichten. Sie schmiedeten Pläne und malten sich ihre Zukunft aus. Dabei vergaßen sie fast, daß Hein ja noch einmal für neun Monate zur See fahren mußte... Aber diese eine, letzte Trennung hatte nichts Bedrückendes mehr. Hein, der zum drittenmal seinen Seesack packte, sah gelassen der Abreise entgegen. Und Hanne lachte und freute sich, so, als könnte sie die bevorstehende Zeit einfach überspringen.

Kurz nach Heins Abreise begann sie, ihre Aussteuer zu nähen. Eigentlich gehörte das Handarbeiten nicht zu Hannes Lieblingsbeschäftigungen, sie machte es dennoch gern. Während sie in der Küche saß, dachte sie an Hein. Kinder waren sie nun nicht mehr. Sie würden sicher heiraten und zusammenleben.

Lange vor der zu erwarteten Rückkehr der *Seeschwalbe* fragte Hanne ihre Mutter: „Wann kommt Hein?"

„Früh genug!" meinte Frauke Janssen.

Hanne lief zum Meer hinunter und sammelte Muscheln. Sie suchte den Horizont nach Schiffen ab. Sie blickte sich ständig um, so als könnte Hein plötzlich hinter ihr stehen.

Fröhlich hatte Hanne ihn zur See fahren lassen, doch nun fühlte sie sich unsicher und nervös. Sie konnte sich ihre Sorgen selbst nicht recht erklären, sie wußte nur eins: Hein sollte zurückkommen, ganz schnell, denn die Sehnsucht war groß.

Am Sonntag in der Kirche sprach Pastor Rohde von Gottvertrauen, von Geduld und Demut. Hanne half das alles nichts. Sie wurde von Tag zu Tag unruhiger und fahriger. Sie überhäufte ihre Mutter mit Fragen, sie lief zu Uthoffs hinüber und zu Heins Eltern. Alle hatten für Hanne die gleichen Antworten: „Wart ab, er wird schon kommen, ist doch mit einem sicheren Schiff unterwegs. Da passiert nichts!"

Hanne versuchte, sich zu beherrschen. Sie arbeitete im Garten, sie half ihrer Mutter im Haus, sie bügelte und kochte. Und die Tage vergingen. An der Küste tobten Herbststürme. Das Meer riß große Stücke aus dem Strand heraus. Priele und Seen durchzogen den Küstenstreifen. Mal schlich das Wasser sich tückisch eilend den Deich herauf, dann wieder warf es sich krachend gegen die Steine. Unwirtlich war es, und wer nicht unbedingt raus mußte, der blieb lieber in der Stube.

Hanne lag nächtelang wach. Das Pfeifen und Jaulen des Sturmes, das sie früher nie beachtet hatte, erschien ihr nun wie ein Wehklagen. Oft begann sie zu weinen, um sich dann wieder Mut zuzusprechen: „Vielleicht kommt er morgen schon..."

Hannes Vater kam von der Hochseefischerei zurück. Auch er war verspätet. An der Art, wie die Mutter den Vater umarmte, spürte Hanne, daß sie sich gesorgt hatte, daß sie sehr erleichtert war. Pit Janssen setzte sich, legte seine großen, zerfurchten Hände auf den Tisch und wandte sich seiner Tochter zu: „Na, Hanne, wo is denn Hein?"

Frauke Janssen antwortete für ihre Tochter: „Hanne wartet schon, er muß ja bald kommen."

„Noch nicht da?" fragte Pit Janssen.

Hanne lief heulend aus der Stube. Sie rannte hinunter zum Strand. Wo war das Häuschen, das sie zusammen mit Hein gebaut hatte? Sie wollte es anfassen, jetzt! Hanne wischte sich die Tränen ab und sah sich um. Alles sah so fremd aus, der Sturm hatte den Strand völlig verändert. Bretter und Holzfässer hatte er auf das Land geschleudert. Aber das Häuschen konnte Hanne nicht mehr finden. Schon weggeschwemmt?

Hanne dachte daran, wie sie am Strand herumgetobt waren, nach Heins erster Überseefahrt, wie sie ein bißchen zu übermütig und zu laut versucht hatten, die Wunden der Trennung zu vergessen. Langsam ging sie wieder nach Hause.

Auch während der nächsten Tage gab es kein Lebenszeichen von Hein. Heins Eltern besuchten Hannes' Eltern, der alte Uthoff kam herüber. Gemeinsam überlegten sie, was sie unternehmen könnten. Heins Vater wollte nach Hamburg fahren und sich nach der *Seeschwalbe* erkundigen. Uwe Uthoff wollte bei einer Firma, die immer einen Teil der Fracht der *Seeschwalbe* aufkaufte, nachfragen. Und Hannes Vater dachte daran, der Reederei einen Brief zu schicken. Sie saßen um den Tisch herum und berieten; Hanne aber starrte vor sich hin, blaß und schweigend. Das paßte gar nicht zu ihr, denn sonst war sie immer zuversichtlich gewesen.

Heins Mutter tätschelte ihr die Wangen: „Hanne, du machst ja ein Gesicht, daß einem angst und bange wird!"

Alle Erkundigungen blieben erfolglos. Keiner konnte über den Verbleib der *Seeschwalbe* etwas herausfinden. Hanne ging immer wieder hinunter zum Strand, sie sah angestrengt aufs Meer hinaus, sie hoffte, den Seeadler, den sie einmal mit Hein gesundgepflegt hatte, wiederzusehen. Aber da war nichts, nur das Rauschen der Brandung.

Nach Monaten der Ungewißheit erreichte das Dorf die Nachricht, daß die *Seeschwalbe* während eines Sturmes gesunken war. Pastor Rohde hielt einen Gottesdienst für Hein, die Eltern und Freunde trauerten.

Hanne aber sprach von da an kein einziges Wort mehr. Sie wurde sehr alt, doch diesen langen Rest ihres Lebens verbrachte sie in völliger Stummheit. Manchmal sah man sie am Strand unten. Sie stand da ganz allein und winkte.

Im Dorf hieß es, Hanne Janssen habe den Verstand verloren. Das aber war gewiß nicht wahr.

Brigitte Blobel

Zum ersten Mal verliebt

Nina wußte nicht, woran es lag, daß sie als einzige aus der zehnten Klasse immer noch keinen Freund hatte. Niemand konnte es ihr erklären, aber sie hatte auch noch niemanden gefragt.

Wenn sie in den Spiegel schaute, bekam sie auch keine Antwort: Sie sah vollkommen normal aus.

Sind es meine Augen? fragte Nina sich.

Ja, es sind die Augen. Sie sind zu braun. Ja, wenn ich blaue Augen hätte, so wie Patricia! Wenn Patricia lacht, sagt Sibylles Bruder, dann tanzen in ihren Augen die Sterne. Oder sind es die Haare?

Ja, es sind die Haare. Sie sind zu schwarz und zu kurz und zu glatt. Und dann noch dieser dumme Wirbel vorn links. Ja, wenn sie blonde lange Locken hätte wie Iris! Wenn Iris ihren Kopf schüttelt, sagt Ninas Mutter, dann sieht sie aus wie ein Rauschgoldengel.

Oder ist es ihr Mund?

Ja, es ist der Mund. Er ist zu klein, zu schmal, und er lächelt zu selten. Ja, wenn sie einen Mund hätte wie Ulla! So große, weiche Lippen, und wenn sie lacht, dann sieht man strahlend weiße, gleichmäßige Zähne. Ullas Lachen ist ansteckend. Man schaut ihr auf den Mund und muß schon mitlachen.

Nina streckt ihrem Spiegelbild die Zunge raus und geht aus dem Haus. Sie nimmt jeden Morgen den Bus, der vom Dorfplatz abfährt und eine Viertelstunde braucht bis zur Schule. Dann hat sie sechs oder sieben Stunden Unterricht, in denen sie sich die meiste Zeit langweilt, und dann fährt sie mit dem Bus die gleiche Strecke wieder zurück. Dann gibt es Mittagessen. Danach macht sie Schularbeiten, und dann, um vier Uhr, geht sie zu den Baumanns zum Babysitten.

Die Baumanns haben zwei kleine Kinder, Jan und Nele, und auf die paßt Nina nachmittags auf.

„Macht dir das Spaß, jeden Nachmittag mit den kleinen Kindern?“ fragt Patricia.

„Warum nicht? Die beiden sind doch lieb.“

Patricia lacht. Sie ist verlegen. Wenn Patricia lacht, dann tanzen, wie schon gesagt, in ihren Augen die Sterne, und jeder Stern ist ein Pfeil in Ninas Herz. „Ich jedenfalls“, sagt Patricia immer noch lachend, „mach lieber was mit Benni.“ Benni ist Patricias Freund. Sie gehen in den Pausen Hand in Hand über den Schulhof, und wenn sie in der Eisdiele einen Eiskaffee trinken, dann bestellen sie einen mit zwei Strohhalmen, und dann sind ihre Gesichter ganz nah beieinander, und sie schauen sich an und lachen

4 4831-14

und haben sich viel zu erzählen.

„Von mir aus", sagt Nina, „kannst du mit deinem Benni machen, was du willst. Mir doch egal." Sie hebt die Schultern so hoch, daß sie fast die Ohren berühren, und geht davon. Ihr Gang ist staksig und eckig, sie weiß das.

Ja, wenn sie einen Gang hätte wie Franziska! Franziska geht zum Ballett, und wenn sie sich bewegt, ist es, als ob ihre zarten Füße den Boden gar nicht berühren. Dabei wiegt sie sich in den Hüften, und die weiten Röcke, die sie immer trägt, schwingen um ihre Knie, und alle, denen sie auf der Straße begegnet, drehen sich um und schauen ihr nach... „Warst du eigentlich schon mal verliebt?" fragt Franziska und schaut Nina direkt in die Augen.

Nina wird rot. Es ärgert sie, daß sie rot wird, und das macht alles noch schlimmer. Sie hat einen ganz heißen Kopf. „Ich finde Liebe nicht so wichtig", antwortet sie, holt tief Luft und schaut an Franziska vorbei und direkt in die Augen eines Jungen, der am Zaun lehnt und zu ihr herüberschaut, einen Grashalm kaut und die Beine übereinandergeschlagen hat, und neben ihm steht ein chromblitzendes Fahrrad.

„Was ist?" fragt Franziska.

Nina schaut den Jungen immer noch an. Sie kann gar nicht anders. Weil der Junge sie einfach nicht aus seinem Blick entläßt. Er hat sie aufgespießt. Festgenagelt. Und sie steht da und versinkt in seinen Augen.

Langsam dreht Franziska sich um. Sie will sehen, warum Nina auf einmal so komisch ist.

Sie sieht den Jungen am Zaun, einen schlaksigen Jungen, der wirre Haare hat und eine Brille trägt, rotblonde

Haare hat er und Sommersprossen, sogar seine Arme sind voller Sommersprossen, das kann man selbst von hier aus noch sehen.

„Wer ist das?“ fragt Franziska.

„Keine Ahnung“, sagt Nina. Sie ist aus ihrer Erstarrung erwacht. Sie reibt sich verlegen mit der Hand über das Gesicht und die Augen. Vielleicht ist er ja verschwunden, wenn ich gleich wieder hinsehe, denkt sie. Aber als sie die Augen aufmacht, steht er immer noch da.

Nina weiß nicht, was sie tun soll. Das heißt, sie weiß natürlich, was sie tun soll: Schräg gegenüber wartet der Bus, der fährt in fünf Minuten ab und bringt sie in ihr Dorf zurück. Die anderen steigen alle schon ein. Sie sollte jetzt auch gehen, aber sie kann nicht. Ihre Füße sind wie festgenagelt.

„Du bist auf einmal so merkwürdig“, sagt Franziska.

Franziska geht weg, und Nina steht jetzt alleine da, die Schulmappe an sich gepreßt, ihr Kopf glüht, und das Herz klopft.

Der Busfahrer hupt. Er kennt Nina seit der sechsten Klasse. Nun kurbelt er das Fenster herunter und ruft: „Na, was ist? Wir fahren gleich ab!“

„Okay“, murmelt Nina. Sie setzt einen Fuß vor den anderen, schaut gar nicht mehr hin zu dem Jungen, überhaupt nicht in seine Richtung. Und trotzdem spürt sie, daß er jetzt auch losgeht. Sein Fahrrad läßt er stehen. Er überquert die Straße, er macht große schnelle Schritte, er hat sie gleich eingeholt, gleich, sie spürt es, obwohl sie ihn nicht sehen kann.

Und schon ist er da. Er faßt einfach ihre Hand und sagt:

„Laß doch den Bus."

Sie bleiben beide stehen. Er läßt ihre Hand nicht los. Sie aber kann ihn nicht ansehen. Ihr Gesicht glüht.

„Es fahren so viele Busse", sagt der Junge.

„Aber nicht dahin, wo ich wohne."

Jetzt läßt der Junge ihre Hand los, weil er merkt, daß er sie ein bißchen zu lange festgehalten hat, er kennt sie ja gar nicht. Sie kennt ihn auch nicht.

Was ist nur mit ihnen los?

„Wenn du unbedingt mit diesem Bus fahren mußt", sagt er, „da kann man halt nichts machen."

Nina denkt nach. Ihre Augen sind braun, brauner Samt. Vielleicht gefallen ihm gerade ihre Augen. Und ihre Haare sind kurz. Und schwarz. Sie glänzen wie Chinalack. Vielleicht gefallen ihm auch ihre Haare. Und ihr Mund ist rot und lächelt fast gar nicht. Sieht eher ein bißchen traurig aus. Aber vielleicht gefällt ihm gerade das traurige Lächeln.

Sie seufzt. Sie schaut zu dem Busfahrer, und der Busfahrer drückt auf die Hupe. Nun aber dalli, soll das heißen. „Also dann", sagt sie hastig. Und schaut ihn noch einmal an und lächelt noch einmal. „Also... dann..."

Dann rennt sie los, springt in den Bus, der Fahrer fährt so hastig los, daß Nina auf den nächsten Sitz geschleudert wird, und als sie sich wieder aufrappelt und aus dem Fenster guckt, sieht sie ein funkelndes silbernes Fahrrad und einen Jungen mit rötlichblonden Haaren, ganz dicht hinter dem Bus, und er sieht sie und grinst und hebt die rechte Hand und macht ein Victory-Zeichen.

Und Nina hebt die Hand, und sie lacht und lacht. Und

hofft, daß der Bus nicht zu schnell fährt. Aber er fährt so schnell wie immer, und das silberne Rad wird immer kleiner und kleiner. Und Ninas Lächeln gefriert.

Dann sind sie auf dem Dorfplatz, und Nina steigt ganz langsam aus, und der Bus fährt ab, und Nina stellt ihre Tasche zwischen die Beine und schaut die Landstraße entlang. Die Sonne steht hoch, man kann nicht viel sehen, alles ist so hell, und die Straße glänzt wie ein silbernes Band.

Nina nimmt ihre Tasche und geht sehr langsam von dem Dorfplatz an den kleinen Backsteinhäusern vorbei bis zu ihrem Elternhaus, einem weißen Haus mit einem spitzen Giebel und einem weißen Gartenzaun und vier Rhododendren, die gerade blühen, zwei rechts und zwei links von der Pforte.

Nina pflückt eine Blüte und steckt ihr Gesicht hinein. Als sie aufschaut, bremst der Junge neben ihr.

„Ganz schön schnell, der Bus", sagt er keuchend.

„Aber du bist auch schnell."

„Ich trainiere", sagt der Junge. „Ich will mal eine große Tour mitfahren. Nicht, um zu gewinnen. Nur um dabeizusein."

Nina lächelt. Sie weiß nicht, was sie sagen soll.

„Ich heiße Peter", sagt er schließlich. „Und du?"

„Nina."

„Nina, das ist schön. Wohnst du da?"

Sie nickt. „Willst du reinkommen?" Sie öffnet das Gartentor.

Er schaut sie an. Er stellt sein Rad ab, zieht ein Taschentuch aus der Hosentasche und wischt sich die Stirn.

„Ich würde lieber noch ein bißchen hier draußen mit dir stehen", sagt er. „Und reden. Ich weiß nicht, was passiert ist. Ich hab dich gesehen und gedacht, aha. Das ist es also."

Nina lächelt. Genauso ist es ihr ergangen.

„Ich hab mich noch nie verliebt", fährt Peter fort. „Ich weiß gar nicht, was für ein Gefühl das ist. Ich meine, ich dachte immer, es ist nicht wichtig."

Nina lächelt noch ein bißchen mehr. Genauso war es bei ihr. Sie möchte es Peter sagen, aber sie kann es nicht. Sie kann nur lächeln. Ganz anders lächeln als sonst. Und plötzlich muß Nina daran denken, wie Patricia und Benni in der Eisdiele gemeinsam einen Eiskaffee mit dem Strohhalm trinken. Und wie sie Patricia immer beneidet hat.

„Aber das hier ist viel schöner", sagt sie laut.

„Was?" fragt Peter.

Nina lacht. „Ach nichts. Mir ist nur eben etwas eingefallen."

Peter wirft sich rücklings ins Gras und schaut in die Äste des Kastanienbaumes. Und dann holt er tief Luft und sagt: „Es ist schön."

„Was?" fragt Nina.

Er sieht sie an. „Du weißt doch genau, was ich meine."

Nina lächelt. Ja, sie weiß, was er meint.

Helmut Walbert

Gefangen

Als Anne die Wohnung betrat, lief der Fernseher. Sie begrüßte den Vater, der sich die Nachrichten anschaute. Ihre Mutter rieb über den Tisch und grüßte mit einem Nicken.

Kurz bevor Anne in ihr Zimmer verschwinden wollte, hörte der Fernseher auf, seine Nachrichten in das Wohnzimmer zu plärren. Anne wußte, daß ihr Vater sie gleich rufen würde. Langsam legte sie die Hand auf die Klinke, langsam drückte sie die Klinke nieder. Ganz langsam machte sie die Tür zu ihrem Zimmer auf. Aber kaum hatte sie hineingesehen, da rief der Vater: „Anne, sei doch mal bitte so lieb und komm zu mir her."

Da wußte Anne, warum die Mutter die Augen nicht von der Tischplatte genommen hatte. Der Vater hatte mit ihr zu reden. Und Anne wußte mehr als ungefähr, worüber er mit ihr sprechen würde.

„Ja, Vater, ich komme gleich, ich wasch mir nur schnell die Hände“, sagte Anne, und schloß die Tür zu ihrem Zimmer wieder.

Ins Badezimmer zu gehen, um sich die Hände zu waschen, war eine gute Einstimmung. Sich die Hände zu waschen, war keine Verweigerung. Händewaschen war immer die Vorbereitung für etwas. Sie sah auf die Pickelcreme, die ihr Bruder stehengelassen hatte. Anne vermißte ihren Bruder. Es wäre gut, wenn sie ihn rufen könnte; denn der Vater konnte unberechenbar sein. Doch der Vater war im Grunde ein gutmütiger Mensch. Das machte es aber nicht leichter, mit ihm umzugehen; denn er war auch ein furchtsamer Mensch und wollte alle und alles beschützen. Anne sah in den Spiegel, als sie sich die Hände abtrocknete. Sah es nur so aus, oder war sie blaß geworden?

Als sie zum Vater kam, ruckte der etwas mit dem Kopf. Das war ein Zeichen, daß ihm die Händewascherei etwas zu lange gedauert hatte.

„Setz dich, Anne“, sagte er sehr freundlich, als wenn nichts wäre, „ich habe mit dir zu reden.“

Anne sah auf den Tisch, um den Vater nicht anzusehen.

Der Vater schaute aus dem Fenster.

Dann redete er ganz allgemein, daß nun für den Urlaub in Italien alles vorbereitet sei. Er, der Vater, habe Anne noch das Sprachbuch gekauft, das sie sich gewünscht habe. Nun könne doch alles in Ordnung sein.

Anne sagte hölzern und mit einer Zunge ohne Speichel: „Vater, es bleibt dabei. Ich fahre nicht mit.“

„Und warum nicht?“

„Einfach weil ich mir vorgenommen habe, hierzubleiben."

„So, du hast dir das vorgenommen." Der Vater sah an Anne vorbei in eine Weite, in der es unheimlich aussehen mußte, denn sein Gesicht bekam einen grünen Schimmer. „Ich habe erfahren, daß du einen Freund hast, der aus der Nähe von Belgrad kommt."

Obwohl Anne die ganze Zeit darauf gewartet hatte, traf sie die Feststellung des Vaters wie ein spitzer Pfeil in die Herzgegend. Sie schluckte und konnte schließlich nur sagen: „Seine Eltern leben schon lange hier. Er spricht sehr gut deutsch."

„Wie heißt der Junge?"

„Voje."

„Ist Voje der Grund, warum du hierbleiben möchtest und nicht mit deiner Mutter und mir nach Italien fahren willst?"

„Ich wollte immer schon hierbleiben, das hat nichts mit Voje zu tun."

„Das ist nicht wahr", sagte der Vater, „wir haben darüber gesprochen, daß der Aufenthalt in Italien gut für dich ist, wenn du die Sprache lernen willst. Deswegen habe ich dir auch das Buch gekauft."

Anne sagte nichts dazu. Sie hatte ja noch gar nicht angefangen, die Sprache zu lernen. Außerdem würde sie in den drei Wochen Ferien die meiste Zeit mit den Eltern verbringen und also deutsch reden.

Der Vater sah sie an. Sein Blick war besorgt.

„Wie lange kennst du ihn schon?" fragte er. „Du hast uns nichts gesagt."

„Ich kenne ihn noch nicht lange. Und er hat auch nichts damit zu tun, daß ich hierbleiben möchte."

„Du weißt, daß da Krieg herrscht, da wo dein Freund herkommt. Solltet ihr etwa vorhaben, dahin zu fahren, werde ich das zu verhindern wissen."

„Voje wohnt schon lange hier. Er will nicht nach Belgrad fahren. Und ich will das auch nicht. Woher weißt du eigentlich von ihm? Wer hat es dir gesagt?"

Keine Antwort. Der Vater redete noch eine halbe Stunde von dem, was er sich für den Urlaub vorgestellt hatte. Woher er von Voje wußte, sagte er nicht. Anne wurde immer ärgerlicher, weil es einzig und allein seine Vorstellungen waren, von denen er redete. Daß ihr Bruder, obwohl er ein Jahr jünger war, auch allein weggefahren war, kümmerte ihn nicht. Auch das Versprechen, daß Anne im nächsten Jahr allein bleiben dürfte in den Ferien, war halbherzig und stimmte wahrscheinlich nicht.

Anne sah ein, daß ihr Vater sich Sorgen machte. Aber er rückte auch keinen Zentimeter von seiner Vorstellung ab, daß er sie dabeihaben wollte. Auf das, was Anne sagte, hörte er nicht. Und wenn er es tat, dann nur, um ihr die Worte im Mund zu verdrehen.

Schließlich stand Anne auf und schrie: „Du behandelst mich wie einen Koffer, den du einfach packst und mitnimmst!"

„Wenn du das so siehst, Anne, habe ich dir nichts mehr zu sagen."

„Ich auch nicht!" Damit rannte sie in ihr Zimmer und knallte die Tür zu.

Ihre Mutter kam, um mit ihr zu reden. Aber es klang

für Anne alles so, als habe es ihr der Vater vorgekaut. Sie hatte sicher lange mit dem Vater darüber gesprochen. Und jetzt redete sie wie er. Das war ja das Elend in allem. Der Vater konnte immer alles so drehen, daß man am Schluß keine Möglichkeit mehr hatte, irgend etwas zu sagen. Dann mußte man schreien, um loszukommen.

Die Mutter kam zum Schluß jedesmal mit dem Essen. Sie fand, daß ein gemeinsames Essen die Spannung lockerte und den Frieden wiederherstellte.

Aber Anne wußte, daß ihr jetzt jedes Essen im Hals steckenbleiben würde und ließ sich nicht zum Essen hinausführen.

Bevor sie zu Bett ging, aß sie eine halbe Stange Kekse. Das war eine Stunde, nachdem Voje angerufen hatte. Sie hatten ganz Belangloses und Allgemeines geredet.

Als Anne am nächsten Tag mit dem Fahrrad unterwegs war, stoppte sie kurz vor der Brücke, ging vom Radweg runter und warf ihr Fahrrad zur Seite. In dem Augenblick war sie noch wütender als nach der Unterredung mit dem Vater. Von der Brücke war es noch eine Querstraße und dann eine Seitenstraße hinein zu der Wohnung von Vojes Eltern.

Was wollte sie da? Mit Voje reden? Sie kannte ihn ja kaum.

Er war ein netter Junge, aber was hatte das mit ihr zu tun?

Anne nahm ihr Fahrrad auf, ging den Weg, den sie gekommen war, ein Stück zu Fuß zurück und suchte sich schließlich in den Anlagen eine Bank, wo sie sich neben eine alte Frau setzte. Da kam sie sich mit einem Mal uralt und eisengrau vor.

Anne sah ihr Fahrrad an, als sehe sie es zum erstenmal. Und als die alte Frau mit ihr reden wollte, stand sie auf und ging weg.

Wieder zu Hause, fand sie ihre Mutter vor. Der Vater würde in etwa einer Stunde dasein, sagte ihr die Mutter, obwohl Anne nicht nach dem Vater gefragt hatte. Traumverloren und ganz sanft, so als säße sie noch auf der Bank, wo die Gedanken angefangen hatten, erzählte sie der Mutter von einer wunderbaren Gegend, als kenne sie dort jeden Strauch.

„Aber Kind, du schwärmst ja richtig", sagte die Mutter.

Anne hatte geredet und immer weiter geredet. Und während sie das tat, war ihre Vorstellungskraft gewachsen.

Anne wußte nicht, warum sie so redete. Sie hängte einfach eine Vorstellung an die andere und betrachtete ihre Mutter dabei.

Als ihre Mutter schließlich fragte: „Ist das in Belgrad, oder eine Gegend in der Nähe davon, und willst du mit deinem neuen Freund dorthin fahren?" hatte Anne beinahe still und schüchtern nur ja gesagt.

Als habe sie einen unsichtbaren Zaubermantel um sich gebreitet, ging sie in ihr Zimmer. Aber sie dachte weder an Voje noch an das wunderbare Land. Als sie auf dem Bett lag, spürte sie, daß sie ihre Mutter in eine Versuchung geführt hatte.

Was würde sie dem Vater erzählen? Alles?

Was würde der Vater machen?

Der Zauber, den sie vor der Mutter ausgebreitet hatte, kam wieder und blieb eine Weile. Nur langsam verschwand das Bild der schönen Gegend aus ihrer Vorstellung.

Wie war es überhaupt entstanden?

Als es auf der Bank neben der alten Frau angefangen hatte, war Voje immer mal wieder am Rand des vorgestellten Bildes aufgetaucht. Aber als sie ihrer Mutter davon erzählte, war es nur eine weite, wunderbare Traumlandschaft.

Sie wollte allein sein.

Das war sie zwar jetzt in ihrem Zimmer, aber unvollkommen, weil die Eltern, zunächst nur die Mutter, aber bald auch der Vater in der Nähe sein würden. Sie konnten jederzeit hereinkommen, und Anne konnte nichts dagegen unternehmen.

Ihre Gedanken gingen in diese eine Richtung, aber gleichzeitig spürte sie auch, daß alles nur ein Trick war.

Sie hatte ihrer Mutter etwas erzählt, was aus ihrer Phantasie geflossen war. Aber es war nicht das Ausschmücken ihrer Phantasie gewesen, das sie genossen hatte. Es war der Gedanke an die Prüfung gewesen. Wie würde ihre Mutter reagieren? Was würde sie dem Vater erzählen? Und wann würde sie es tun?

Jetzt, wo das Bild in ihrer Vorstellung ganz lahm dalag, ja fast zerbrochen war, wollte sie zur Mutter hinstürzen und sagen: Es ist alles nicht wahr. Ich habe nichts. Und Voje ist auch nicht wirklich mein Freund. Vielleicht nur ein kleines bißchen. Aber sie kannte ihre Mutter und wußte, daß es zu spät war. Es ging doch jetzt nur darum, ob die Mutter es dem Vater sagen würde. Und wie sie es ihm sagen würde.

Als sie den Vater hörte, wollte sie ihr Zimmer verlassen, um der Mutter zuvorzukommen. Anne wollte nicht mehr wissen, was die Mutter preisgeben würde. Für ein paar Sekunden hatte sie Angst, und sie wollte vor den Vater treten und ihm sagen: „Ich komme mit euch, wenn ihr übermorgen nach Italien fahrt."

Sie wollte der Mutter sagen, es sei alles nur ein Spiel gewesen. Sie habe sich geärgert, weil alles immer über sie hinweg entschieden würde. Sie könne sagen und wünschen, was sie wolle, niemand würde sich darum kümmern.

Dann aber versteifte sich ihr Trotz. Kerzengerade stand sie vor dem Fenster und schaute hinaus, ohne wirklich draußen etwas wahrzunehmen. Irgend etwas an den Geräuschen des heimkehrenden Vaters hatte sie zurückgestoßen. Sie sehnte sich danach, ihre Eltern würden die Wohnung verlassen.

Warum ging sie nicht einfach weg, wenn sie alleine sein wollte? War es das, daß sie draußen kein Ziel hatte? Was sollte sie den Eltern sagen?

Sie würden fragen, wo sie hinwolle.

Und sie wüßte keine Antwort. Fürchtete sie sich davor, daß die Eltern sie überfallen könnten, wenn sie zurückkam? Immer wieder die gleiche Frage, die gleiche schreckliche Frage: Wo bist du gewesen?

Wenn Anne die Wohnung verließ, hatten die Eltern viel Zeit, über sie zu reden. Wollte sie hören, wie die Mutter anfing, mit dem Vater zu reden?

Über eine Stunde hielt das Warten an. Anne war mehrfach versucht, das Radio in ihrem Zimmer einzuschalten, weil sie die Spannung nicht aushielt. Aber dann erschreckte sie der Gedanke, daß ihr Vater plötzlich in der Tür stehen könnte.

Aus der Wohnung drang fast überhaupt kein Geräusch. Daß der Fernseher nicht eingeschaltet war, deutete darauf hin, daß der Vater sich nicht im Wohnzimmer befand. Daß aus der Küche keine Arbeitsgeräusche drangen, mußte daran liegen, daß die Eltern die Tür geschlossen hielten und sich am Küchentisch gegenübersaßen und miteinander sprachen.

Plötzlich mußte Anne lachen. Ihr Lachanfall, den man sicher in der ganzen Wohnung gehört hatte, ereignete sich kurz bevor der Vater an ihre Tür klopfte und sie „herein" sagte.

Der Vater betrat Annes Zimmer. Und Anne entschuldigte sich hastig und verlegen wegen ihres Lachanfalls. Dabei sah sie ihrem Vater ins Gesicht und erschrak.

„Was ist denn?" fragte sie.

Langsam, wie mit Lippen, die von innen verklebt waren, sagte der Vater: „Du willst also nicht mit uns nach Italien fahren, weil du mit deinem Freund zusammen nach Belgrad oder sonstwohin, jedenfalls in eine Kriegszone fahren willst. Warum willst du uns das antun?"

Noch bevor Anne darauf eine Antwort geben konnte, fuhr der Vater fort: „Wir wollen dich nicht verlieren. Was du vorhast, ist töricht. Ich will nicht, daß meine Tochter in den Krieg zieht, aus welchem Grund auch immer. Deswegen werde ich dich in dein Zimmer einsperren, bis wir übermorgen gemeinsam nach Italien aufbrechen." Damit drehte sich der Vater um, öffnete die Tür, schloß sie hinter sich und verriegelte sie von außen.

Anne hatte noch niemals in ihrem Leben vor ihrem Vater Angst gehabt, bis zu diesem Augenblick. Oder war es keine Angst, war alles nur ein Traum, aus dem sie gleich erwachen würde? Sie ging zum Radio, schaltete es ein, drehte den Lautsprecherknopf bis zum Anschlag, daß das kleine Gerät zu scheppern begann. Dann suchte sie mit der Hand nach einem Halt in der Luft, fand ihn nicht, schaltete das Radio leiser und dann ganz aus und drehte sich in ihrem eigenen Raum, als wäre sie in eine völlig fremde Welt gestoßen worden.

Nach den ersten Sekunden des Schreckens, als alles in ihr wie im Fieber gewesen war, sank sie zurück und setzte sich. Als sie saß, kam es ihr so vor, als würden sich die Wände ihres Zimmers bewegen. Es dauerte einige Zeit, bis sie ganz deutlich und mit einem bitteren Geschmack im Mund denken konnte: Mutter hat mich verraten.

Was habe ich ihr denn gesagt? Daß irgendwo ein Haus steht, und daß das Haus schön ist, weil es eine breite Terrasse hat, auf der man sitzen kann. Von einem See hatte sie gesprochen, der ganz in der Nähe sein sollte. Sie schwamm gerne.

Das Haus und der See, woher hatte sie das?

Mit Voje hatte es nichts zu tun, er und seine Eltern waren nicht reich. Er hatte auch einen ganz anderen Geschmack als sie. Anne hatte Voje erwähnt, weil er ihr plötzlich eingefallen war.

Es war eine Versuchung gewesen, irgendwo zu sein, wo sie mit den Eltern niemals hinfahren würde. Vielleicht hatte sie das Haus in einer Illustrierten gesehen und sich in die schönen Räume hineingewünscht.

Als sie herausfinden wollte, was sie der Mutter eigentlich erzählt hatte, verschwamm alles in einem plötzlich auftauchenden Schmerz. Leise kam von ihren Lippen: „Mutter hat mich verraten."

Sie wollte auf gar keinen Fall in ihrem Zimmer bleiben. Aber wie sollte sie es anstellen, den Raum zu verlassen?

Der Vater hatte den Schlüssel herumgedreht und entfernt. Aber auch wenn er noch steckte, würde ihr das wenig nützen. Sie versuchte es mit dem Haustürschlüssel, und dann mit dem Eingangsschlüssel für die Wohnung. Beides vergeblich. Sie überlegte einen Augenblick, ob sie gegen die Tür donnern sollte, damit die Eltern öffneten. Vielleicht könnte sie an ihnen vorbeispringen, um auf diese Weise die Wohnung zu verlassen.

Anne wußte, daß sie ihren Vater mit einer solchen sportlichen Übung nicht überlisten konnte. Er würde sie einfangen. Und für einen kurzen Moment war ihr diese Vorstellung unerträglich. Sie ging zum Fenster und öffnete es. Der Hof war glatt und mit dunkelroten Platten belegt. Die Platten schienen ihr kälter als jemals zuvor.

Es war zu hoch, um einfach aus dem Fenster zu springen. Aber konnte sie nicht alles, was es in ihrem Zimmer gab, Tücher und Decken, Kleider, Röcke, Hosen und Pullover zusammenknoten, um sich daran herunterzulassen? Aus dem Hof ins Freie zu gelangen, war eine Übung, die sie aus Kindertagen kannte. Selbst wenn jemand die

5 4831-14

Haustür zumauern sollte, konnte sie so entwischen.

Mit einem siegerhaften Lächeln schloß sie das Fenster, schaltete das Radio ein und tat für kurze Zeit so, als wenn nichts wäre. Sie hatte den Weg gefunden und konnte auf diese Weise jederzeit ihr Gefängnis verlassen.

Ihr Radio lief nicht so laut, daß sie das Telefon nicht hören konnte. Als es klingelte, schaltete sie das Radio aus. Sie lauschte. Und während sie das tat, dachte sie an Voje.

Die Mutter sprach leise, ungewöhnlich leise. Hielt sie ihre Stimme gedämpft, weil sie mit Voje sprach, oder hatte sie einfach die Tür zugezogen?

Würde Voje sich abwimmeln lassen? Die Mutter konnte nicht lügen. Sie würde also sagen, daß Anne zu Hause sei.

Voje dann: Ich will aber unbedingt mit Anne sprechen.

Seine Stimme war normalerweise weich, was ihr sehr gut gefiel. Jetzt könnte er härter werden.

Wenn ich nicht mit ihr telefonieren kann, besuche ich sie, könnte er sagen.

Nein, die Mutter hängte ein.

Es war nicht Voje gewesen. Der Vater wäre ans Telefon gegangen und hätte Voje klargemacht, daß es im Augenblick nichts zu besprechen gäbe. Seine Tochter müßte sich auf die Reise nach Italien vorbereiten und hätte daher keine Zeit.

Und wenn er es doch war und die Mutter gelogen hatte? Würde er noch einmal anrufen?

Plötzlich hatte Anne das Gefühl, daß sie sich auf Voje verlassen konnte. Es war ein so süßes Siegergefühl, daß sie es für einen Augenblick als Liebe empfand. Vielleicht hatte sie ja alles nur gemacht, damit Voje sie befreien konnte. Dabei würde er gar nicht so viel tun müssen. Er konnte sie unten im Hof erwarten.

Das würde guttun. Dann konnte sie den letzten Rest auch springen. Sie wollte Voje zuwinken und ihn strahlen sehen.

Anne überlegte, wie oft Voje anrufen würde, bis er merkte, daß etwas nicht stimmte. Sie hatte jetzt ein sehr zärtliches Gefühl Voje gegenüber. Wenn er spüren würde, was sie im Augenblick empfand, käme er sofort.

Vielleicht gab es ja auch noch eine andere Möglichkeit, aus ihrem Zimmer herauszukommen. Dann konnte sie auf das Zusammenknoten der Wäschestücke verzichten.

Voje war sehr erfinderisch, jedenfalls wünschte Anne das. Das einzige, was Anne auf keinen Fall wollte: durch die Tür, vorbei an ihrem Vater oder ihrer Mutter.

Es gab im Nebenhaus eine Einfahrt, von der man das Fenster ihres Zimmers sehen konnte.

Hatte sie Voje die Aussicht auf ihr Fenster einmal gezeigt? Oder kam er vielleicht selber darauf? Dabei fiel ihr ein, daß er ja auch in den Hof gelangen könne. Er müßte nur irgendwo anders klingeln oder warten, bis einer die Haustür öffnete.

Wie im Kino sah sie eine Geschichte vor sich, in der sie selber mitspielte, so daß es viel schöner war als es im Kino sein konnte. Der Stoff ihrer Phantasie war eine Geschichte, die sie vor vielen Jahren einmal gelesen hatte und die sie damals sehr bewegte. Bis auf den heutigen Tag hatte sie die Geschichte von dem Mädchen nicht vergessen, das die Eltern in einen Turm eingesperrt hatten. Anne hatte damals ihre Eltern gehaßt, obwohl sie keinen Grund hatte, das zu tun. Es gab keinerlei Ähnlichkeiten zwischen dem Mädchen in der Geschichte und ihr.

Was war es also, was sie bis auf den heutigen Tag diese Geschichte nicht vergessen ließ? Ihre Eltern waren immer gut zu ihr gewesen.

Aber versteckte sich nicht hinter dem Gutsein der Eltern etwas, was nicht gut war? Es mußte nicht böse gemeint sein, was die Eltern taten. Es konnte sich aber so auswirken.

Hatte etwa Voje Ähnlichkeit mit dem listigen Befreier des Mädchens? Die Bewacher des Mädchens in der Geschichte waren sehr faule und eitle Diener gewesen. Der listige Befreier hatte die Diener, einen nach dem anderen, mit Geschichten hereingelegt, die wirklicher waren als die Wirklichkeit.

Besonders lustvoll begann Anne ihre Mutter in eine Geschichte einzuspinnen, aus der es keine Rettung mehr gab. Jedesmal, wenn die Mutter an einen Ausweg schlüpfte, den es noch geben konnte, war Anne schon da und versperrte das Schlupfloch. Als sie es mit ihrem Vater in der Vorstellung genauso gemacht hatte, ließ sie beide schließlich ziehen.

Anne war so sehr in ihre Vorstellung hineingeschlüpft, daß sie zusammenzuckte, als sie sich sagen hörte: „Laßt nur, wir sehen uns nie wieder." Nachdem sie das gesagt hatte, weinte sie. Sie griff in die Bettdecke und sagte sich, daß ja nichts geschehen sei. Sie war in ihrem Zimmer. Und ihre Eltern machten sich Sorgen um sie. Deswegen hatten sie sie eingesperrt. Die Eltern wollten sie schließlich vor einer Dummheit bewahren.

Aber welche Dummheit sollte es denn sein?

Wollte sie wirklich mit Voje in den Krieg ziehen? Warum denn? Voje hatte kein Wort davon gesagt.

Hatte sie Voje lieb und traute sich nicht, es vor den Eltern einzugestehen?

Der Vater hatte immer Angst um sie und wollte sie beschützen. Und die Mutter war niemals auf ihrer Seite. Anne hatte nur wenig Freunde, weil ihre Eltern an jedem etwas auszusetzen hatten. Es stimmte schon, daß sie nicht mit ihren Eltern nach Italien fahren wollte. Aber sie hatte mit Voje nicht darüber gesprochen. Sie war ärgerlich, daß sie geweint hatte. Die Eltern meinten es nicht gut. Sie war eingesperrt, weil sie kein selbständiger Mensch war. Sie mußte tun, was ihre Eltern von ihr verlangten. Nein, sie hatte kein schönes Leben.

Konnte sie es haben, wenn sie mit Voje wegging?

Voje war kein Held aus einem Bilderbuch. Er war sehr still und hatte vielleicht lange nicht gewagt, sie anzusprechen, als sie noch dachte, er interessiere sich nicht für sie. Sie hatte ihn angesprochen, aber er war sehr schüchtern geblieben. Das hatte sich aber geändert. Und es würde sich noch weiter ändern, wenn sie mit ihm ging.

Dann stimmte das, was sie der Mutter gesagt hatte, als sie zu schwärmen anfing. Viel genauer als sie selber, hatte die Mutter bemerkt, was vorging. Und darüber hatte sie mit dem Vater gesprochen. Und das hatte ihn wütend gemacht, und deswegen hatte er sie eingesperrt.

Mit Voje zusammen wollte sie ein ganz anderes Leben führen, als ihre Eltern es taten. Voje wurde in ihrer Vorstellung immer strahlender. Er würde einen Weg finden, unten im Hof zu stehen. Es würde ihr genügen, daß er ihr zulächelte.

Und für einen Augenblick konnte er sie in den Arm nehmen, was er bisher nicht getan hatte, weil sie ihm keine Gelegenheit dazu gegeben hatte.

Jetzt wußte Anne, nachdem sie über alles nachgedacht hatte, daß ihre Eltern es nicht schaffen würden, sie für immer gefangenzuhalten. Sie mußte ihre Eltern verlassen. Und sie wußte auch schon, wie.

Es klopfte an ihre Tür. Die Mutter war's, die sie zum Essen rief, was in der jetzigen Situation völlig lächerlich war. Anne hielt sich die Ohren zu, um die Mutter nicht zu hören. Als ihr Vater die Tür öffnete, schlug sie die Tür zu. Es war zu spät. „Schließ nur wieder ab. Ich habe keinen Hunger. Ich will nicht essen."

Sigrid Kruse

Ein alter Zopf

Sandra friert. Sie friert, seit sie hier ist. Das Fenster zum Hof ist undicht. Martha rollt einen alten Wollschal vors Fenster. „So“, sagt sie. Das heißt, darüber diskutieren wir nicht mehr.

Martha lacht. Sie ist stolz auf ihre Lachfalten. Ihre Stimme füllt den Raum, wenn sie da ist. Martha darf Falten haben, sie ist Sandras Großmutter. Sandra sagt Martha zu ihr. Martha will es so. Martha ist Schauspielerin. Sie drückt Sandra an der Tür den Ordner in die Hand. „Ich muß zur Probe, du kannst die Zeitungsausschnitte einkleben oder dein Zimmer herrichten, wie du willst.“

Aber Sandra will nicht. Sie will auch ihr Zimmer nicht bewohnbar machen, will die Poster nicht aufhängen. Warum auspacken in einem Zimmer, was ihr nicht gefällt, in dem alles aus zweiter Hand ist. Das Bett, der Küchentisch als Schreibtisch, zwei Stühle, das Buchregal, die grauen

Scheibengardinen. Sie sitzt, ein Kissen im Rücken, an die Heizung gelehnt auf dem Teppich und legt die Arme um die angezogenen Knie. So kann sie nachdenken. Der Teppich ist ein Labyrinth. Ihre Gedanken folgen seinen Mustern. Sandra denkt an ihre Mutter. Es gelingt ihr nicht, sie beim Vornamen zu nennen, wie sie es bei Martha tut. „Meine Mutter", „meine Tochter", das hat etwas Besitzergreifendes, über das Sandra nie nachgedacht hat. „Mein Vater", hat sie nie gesagt. Sie erinnert sich an einen großen Mann, der laut sprach. Immer war die Mutter da, der Vater unterwegs, irgendwo auf Reisen, bis er von einer nicht zurückkam. Und Sandra erfuhr, daß er in einer anderen Stadt lebt. Das ist lange her. Die Linie im Teppich endet an einem Viereck und führt weiter am Rand des Teppichs entlang. Der Rand franst stark. So einen Teppich hätte die Mutter nie in der Wohnung geduldet.

„Schön, daß du noch nicht schläfst." Martha reißt die Tür auf. „Ich sag dir, die Probe hat mich geschafft." Martha denkt nicht daran, daß Sandra erst einen Tag hier ist, ihre Kollegen, ihre Arbeit nicht kennt. Martha erzählt, redet mehr für sich als für Sandra. Sie wirft den bunten Schal aufs Bett, zieht den schwarzen Pullover über den Kopf, steigt aus der Cordhose und verschwindet im Bad, läßt die Tür auf und erzählt weiter.

Sandra versteht nicht mehr, was sie sagt. Sie sieht Martha in die Wanne steigen, sie hört das Wasser und Marthas wohliges Stöhnen. Durch die offene Tür sieht sie, wie Martha sich abrubbelt, sich eincremt, ihren Bauch, die breiten Hüften, die Brüste und sich einen großen dunkelroten Herrenbademantel überzieht. Neu aufgetankt mit Energie, zieht sie Sandra an den Händen in die Küche. „Jetzt gibt's was zu essen." Martha sucht die offenen Regale ab, die Körbe und Dosen in der Kammer, das Gewürzbord, den Eisschrank. „Heute müssen wir erfinderisch sein. Zuerst Kartoffeln schälen." Die Schalen spritzen nur so weg. „Hast du noch nie Kartoffeln geschält?" Sandra schämt sich etwas, weil sie so langsam ist. „Ich weiß", sagt Martha, „Erika meint noch immer, Kartoffeln machen dick."

Die Kartoffeln brutzeln in der schwarzen gußeisernen Pfanne. Martha schlägt Eier dazu und gibt viele Gewürze hinein. Sie essen, und Sandra spürt, wie hungrig sie ist. Es ist ganz still in der Wohnung. Martha sagt, sie hat einen tiefen Schlaf. „Du mußt mich schütteln, wenn du mich wecken willst."

Später geht Sandra auf nackten Füßen in die Küche und gießt sich ein Glas Sprudel ein. Vom Küchenfenster aus hat sie einen Überblick über den Hof. In einem Fenster gegenüber ist noch Licht. Sandra wundert sich, warum Martha die Mutter und sie so selten besucht hat. Die bevorstehende Operation der Mutter war ein Grund für Martha, die weite Reise zu machen. Über Herzschmerzen hatte die Mutter oft geklagt, mittags, wenn sie aus der Schule kam, so lange sich Sandra erinnern konnte. „Ich bekomme ein ganz neues Herz", versuchte die Mutter zu scherzen. Einige Zeit später war es entschieden. Martha fuhr mit Sandra. Diese bringt Glück. Die Mutter legte Sandra zum Abschied eine Muschel auf die ausgestreckte Hand und schloß Sandras Finger vorsichtig über der

Muschel. Sandra hat die Muschel aufbewahrt in einer braunen Schmuckschachtel. Sie öffnet den Koffer und findet die Schachtel zwischen den Büchern und einem Paket mit Medikamenten, das ihr die Mutter eingepackt hat. Gegen ihren Willen. Die Muschel glänzt nicht mehr. Sie ist von einem hellen Grau mit braunen Streifen. Eine gewöhnliche Muschel wie hundert andere. Sandra legt sie auf die Fensterbank. Auch in dem Fenster gegenüber ist es jetzt dunkel.

Martha gießt Kaffee in die dickbauchigen Tassen, sitzt am Tisch in der Küche und schlürft den heißen Kaffee, genießt den Sonntagmorgen. „Du gehörst jetzt hierher, solange du möchtest, oder wenigstens so lange, bis es Erika wieder bessergeht."

Sandra widerspricht nicht. Sie hat keine Lust, mit Martha über ihre Mutter zu reden. Sie hätte die Mutter nicht alleine lassen dürfen. Aber dann hätte sie allein in der Wohnung bleiben müssen. Der Arzt selbst hat ihr gesagt: „Sie wollen doch auch, daß Ihre Mutter schnell gesund wird!" Die Mutter hat nichts dazu gesagt, sehr still ist sie gewesen mit roten Flecken am Hals und spröden Lippen. So hat Sandra sie selten gesehen. Sandra hat nicht weinen können. Das Geräusch ihrer Schuhe auf dem Steinfußboden hat sie noch im Ohr. Jeder Schritt hallte so laut.

„Du träumst." Martha schiebt das Geschirr zusammen und breitet Fotos auf dem Küchentisch aus. „Hier, das Atelier gehört einer Bildhauerin." Das Foto, das Martha ihr hinschiebt, zeigt eine Frau mit harten Zügen und ganz kurzen blonden Haaren. „Und das ist Rainer mit seinem

Sohn Dirk, der ist so alt wie du! Rainer hilft uns bei der Werbung im Theater, er arbeitet in einer Agentur. Von diesem Küchenfenster aus kannst du direkt in Dirks Fenster sehen."

Also Dirk, denkt Sandra, Dirk war noch wach gestern nacht.

Dirk bearbeitet seine Haare mit Gel. Die schwarzlackierten Nägel leuchten höllisch, wenn er sich mit den gespreizten Fingern der rechten Hand immer wieder durchs Haar fährt. Es kommt auf den richtigen Stand an. „Das mit Mathe kapier ich nie, aber ich brauch' die Punkte", hat Dirk auf dem Nachhauseweg an Sandras erstem Schultag gestöhnt und sich an ihre Fersen geheftet.

Sandra hat ihm angeboten, zu helfen. „Ich hab' das schon gehabt in meiner Schule." Sie sieht Dirk zu, der sich die zerfetzte schwarze Lederweste über sein weißes T-Shirt zieht und in den schwarzen Stiefeln ungeschnürt durchs Zimmer schlurft. Sandra versucht, ihrem Spiegelbild auszuweichen, aber Dirk hat die breite Wand ganz mit Spiegelfliesen beklebt, und so begegnet sie ihrem Gesicht: dem streng zurückgekämmten Haar, das sie zu einem Zopf geflochten hat, dem schmallippigen Mund, den breiten Backenknochen. Sie spürt, wie sie sich ärgert, weil Dirk sie warten läßt. Soll er doch eine schlechte Arbeit schreiben. Was geht sie das an.

„He, woran denkst du?" Dirk legt ihr von hinten die Hände über die Augen. „Denk nicht soviel nach. Tu einfach, was dir Spaß macht, egal was die Alten sagen. Die sind doch nur neidisch, weil wir jung sind. So, ich bin soweit.“ Dirk schlurft vor Sandra her an seinen Schreibtisch. „Du kannst loslegen.“

„Nur, wenn du die Musik leiser machst.“

„Ungern.“ Dirk schleudert die Stiefel weg und legt die Füße auf den Tisch. Er kann keine von Sandras Fragen beantworten.

Sandra gewinnt an Sicherheit. Nachhilfestunden hat sie schon oft gegeben. Als sie sich Dirk kleinlaut um die Aufgaben bemühen sieht, er dabei an den Lippen nagt und die Augen zum Himmel dreht, findet sie ihn nicht mehr so abgehoben.

„Daß du das im Kopf behältst“, ist fast ein Lob, das er gleich zurücknimmt. „Schließlich will ich nicht Einstein werden, ein alter Mann mit weißen Haaren. Ich muß jetzt ins Kino, bin verabredet. Trotzdem danke!“ Weg ist er.

Sandra hält ihr blaues Hemdblusenkleid mit weißem Kragen und den weißen Aufschlägen in der Hand. Ihr Konfirmationskleid.

Die Mutter hat es nähen lassen. „Du wirst sehr gut darin aussehen.“ Sie hat den Stoff prüfend zwischen die Finger genommen. „Wollgorgette, ein sündhaft teurer Stoff.“ Das Diplom der Schneiderin hing in einem goldenen Rahmen direkt an der Garderobe. Es roch immer etwas nach Mittagessen. Als sie ihr den Saum umsteckte, kniete sie vor ihr, die Nadeln hielt sie zwischen den Lippen. Sandra sah, daß ihre Haare grau waren und daß sie leicht keuchte und sich auf den Stuhlsitz stützte, um aufzustehen.

Sandra nimmt das Kleid vom Bügel und stopft es in eine Plastiktüte, sie stopft gleich noch einen Faltenrock und zwei Blusen hinterher und verstaut die Plastiktüte unter dem Bett.

Sie holt Marthas Fahrrad aus dem Keller und radelt in die Stadtmitte. Ein kühler Wind kommt auf. Aber ihr ist warm. Ob ich Martha einen Zettel hätte hinlegen sollen, wo ich bin? Unsinn! Martha ist nicht wie Mutter. Sie ängstigt sich nicht um mich. Mutter hat gesagt, Martha hat in ihrem Leben immer nur getan, was sie wollte. Es hat geklungen, als wenn es ein schlimmer Fehler wäre, zu tun, was man will. Sandra tritt kräftig durch, sie will jetzt nicht daran denken, nicht an die Mutter, nicht an Martha. Sie will zum Friseur gehen, diesen langweiligen Zopf abschneiden lassen, den Dirk einen alten Zopf genannt hat. Vorsichtig schaut sie in den Friseursalon auf der Hauptstraße. Sie muß die Hand vor die Augen legen, weil die Scheibe so spiegelt. Sie erschrickt. Das sieht viel zu vornehm aus, grüne Palmen und ein Empfangschef mit weißem Kittel und einem permanenten Lächeln im gebräunten Gesicht. Alles ist farblich auf die Palmen abgestimmt. Sandra muß die Preisliste erst gar nicht sehen, um zu wissen, daß das für sie nicht in Frage kommt. Sie sucht die Nebenstraßen ab. Da *Ihr Stadtfriseur!* Ein Mädchen lächelt von einem Plakat an der Eingangstür. Das könnte es sein. *Tip-Top-Frisur mit Schnitt, Waschen und Fönen: 24 DM.* Auch hier steht der Meister persönlich an der Kasse. Sein Kittel hat ein paar Farbflecken, und seine Haut ist eher fahl als braun. Sandra sagt leise: „Ich möchte bitte eine Tip-Top-Frisur."

Er ruft nach Stefanie. Stefanie stellt den Besen in die Ecke und kommt auf sie zu. „Du willst dir die Haare abschneiden lassen? Schade." Stefanie duzt sie, vielleicht weil sie nicht viel älter ist als sie. „Ich hätte gern so lange glatte Haare wie du, aber der Chef will es nicht. Das ist keine Reklame. Wenn ich du wäre..."

„Du bist aber nicht ich", fällt Sandra ihr ins Wort.

„Entschuldigung – schon gut." Das Mädchen lächelt nicht mehr. Sie bemüht sich, Sandras Mähne beim Waschen zu bändigen. Tropfen laufen Sandra in Ohren und Augen. Sandra sagt nichts.

„Ist das Wasser gut so?" Ohne eine Antwort zu erwarten, tut Stefanie ihre Pflicht. Sie wäscht zweimal. Mit einem Kamm mit riesigen roten Zinken beginnt sie Sandras Haare zu entwirren.

Sandra versucht nicht, in den Spiegel zu sehen. Sie wendet, soweit Stefanies Arbeit es zuläßt, den Kopf zum Fenster. Auf der anderen Straßenseite stehen ein paar Jugendliche vor einem Eissalon. Sandra hört ihr Lachen bis zu ihrem Platz. Sie erkennt Dirk an der schwarzen viel zu großen Lederweste mit dem genieteten Bild des fliegenden Adlers auf dem Rücken, neben einem zierlichen Mädchen in schwarzen Leggings und einem bunten knielangen Hemd. Sandra starrt aus dem Fenster, und erst die unsanfte Bewegung, mit der Stefanie ihren Kopf zurückbiegt, erinnert sie, wo sie ist.

Stefanie hat Sandras Haar gekämmt. Es fällt wie ein Vorhang glatt bis über die Schultern und über die linke Gesichtshälfte. „Ich hole jetzt den Meister", sagt Stefanie.

Ihre Blicke begegnen sich im Spiegel. Sandra denkt daran, wie sie als Kind oft ihr Gesicht hinter den langen Haaren versteckt hatte, niemand sollte sie sehen, wenn sie es nicht wollte. Sie dachte an die Stimme der Mutter, die sie manchmal beim Einschlafen Rapunzel genannt hatte. Rapunzel, das Märchen von dem Mädchen im hohen Turm, die den Prinzen an ihrem langen Haar zu sich kommen ließ.

Der Meister steht nun neben ihr mit der großen Schere, läßt das Haar prüfend durch die Finger gleiten und hebt das glänzende Werkzeug wie eine Waffe. „Nein!“ Sandra schüttelt heftig den Kopf. „Nein, bitte nicht.“

Der Meister verliert sein Berufslächeln einen Moment. „Also, was nun, schneiden oder nicht?“

Stefanie mischt sich ein. „Nur die Spitzen, und ich flechte in den Zopf bunte Bänder.“

Sandra sagt nichts, nickt nur, und der Meister beginnt seine Arbeit. „Überlegen Sie sich's bis zum nächsten Mal. Ich zahl' Ihnen was für den Zopf.“

Stefanie flechtet ihr liebevoll bunte Bänder ins Haar und lächelt Sandra an. „Na also“, sagt sie zufrieden. Die Gruppe vor dem Eissalon hat sich aufgelöst. Dirk und das Mädchen sind nicht mehr zu sehen. „Die kenn' ich“, errät Stefanie Sandras Gedanken, „die machen Musik im Jugendheim. Komm doch mal mit, wenn du neu hier bist.“

An der Kasse schreibt Stefanie ihre Telefonnummer auf die Rechnung. „Bis bald.“ Sie winkt Sandra durch die Scheibe nach.

Sandra fühlt den Wind im erhitzten Gesicht und im Nacken das Haar wie einen Schal, die Bänder kitzeln etwas. Heute abend denkt sie, heute abend ist die Ausstellungseröffnung, von der Martha gesprochen hat. Ob Dirk auch da ist, weiß sie nicht.

Sandra erkennt die Frau vom Foto wieder. Sie redet mit einem kleinen untersetzten Mann mit Brille und Glatze und geht mit ihm zwischen den Steinen umher. Steine in jeder Form. Er findet viele fremde Worte, die Sandra so schnell gar nicht nachvollziehen kann. Irgendwie erinnern sie die Steine an Grabsteine, aber das traut sie sich auch Martha gegenüber nicht zu äußern. Auch die bepflanzten Blumenschalen auf der Fensterbank gefallen ihr nicht.

Martha stößt sie an. „Komm, hilf mir Saft und Sekt eingießen."

Kaum ist der Mann mit seiner Rede fertig, steckt er die Brille in seine Jackentasche und hebt sein Glas in Richtung der Künstlerin, die sich lächelnd bedankt.

Martha drückt Sandra ein Tablett mit vollen Gläsern in die Hand. Sie geht zu den kleinen Gruppen, die sich zusammengefunden haben und lachen und reden, ohne viel auf die Objekte zu achten.

„Das ist immer so bei einer Eröffnung", sagt Dirk, als hätte er ihren Widerwillen gespürt oder ihren Blick lesen können. Er hält wartend die Gitarre bereit. „Heute spiel' ich für dich", lacht Dirk, „und für deinen neuen Zopf."

Die ersten vorsichtigen Töne sind kaum zu hören, ganz allmählich verstummen die Galeriebesucher, nur einige Unentwegte in der hinteren Ecke unterhalten sich einfach weiter, wenn auch leiser als vorher. Die anderen bilden einen Halbkreis um Dirk, besetzen die paar Klappstühle, die an den Wänden stehen. Sandra hat das Tablett abgesetzt und kauert sich im Schneidersitz auf den Boden, sie senkt den Blick, als Dirk ihr zuzwinkert. Immer, wenn sie vorsichtig aufschaut, sieht sie in Dirks Augen. Er scheint sie aber nicht mehr zu bemerken, er spielt mehr für sich, lauscht den Tönen nach. Jetzt kann man eine Stecknadel fallen hören, so still ist es. Die Stille hält an, bis er nach einem temperamentvollen Schlußspiel plötzlich abbricht. Dann Beifall, noch eine Zugabe und noch eine. Dann verteilen sich die Gäste doch noch zwischen den Steinobjekten, schreiten die Vierecke ab, die Kreise, versuchen die eingeritzten Zeichen zu entziffern und schütteln endlich der Künstlerin zum Abschied die Hand.

Dirk stellt seine Gitarre vorsichtig ab und kommt zu Sandra. „Hat's dir gefallen?"

„Sehr", sagt Sandra ehrlich.

„Das kann ich besser als Mathe. Opferst du noch einmal deine Zeit?" fragt er fast schüchtern. „Ich lade dich danach ins Jugendheim zur Disco am Samstag ein."

Sandra denkt an Stefanie und das Mädchen neben Dirk vor dem Eissalon und will schon ja zur Mathematik und nein zur Disco sagen, als Martha sie am Arm faßt. „Natürlich geht sie mit", sagt sie schnell.

Sandra bekommt einen roten Kopf und reißt sich los. „Ich muß jetzt gehen." Vor Wut über Marthas Einmischen steigen ihr die Tränen in die Augen.

Dirk tut, als hätte er nichts bemerkt. „Ich geh' mit, mir reicht's auch, ich seh' nämlich gerade meinen Alten kommen, der mich wieder überreden will, morgen nachmittag mit ihm zu joggen. Das hält fit, sagt er immer, gut gegen den Streß in der Werbebranche. Dabei macht der sich den Streß nur selbst. Dirk hat sich in Wut geredet. „Laß dir bloß von der Martha nichts gefallen. Die sollen ihr Ding machen und uns in Ruhe lassen. Komm, ich zeig' dir was.

6 4831-14

Immer wenn ich traurig oder down bin ... er nimmt Sandra bei der Hand und zieht sie die Treppe neben der Galerie hinauf. „Warte ..." Er sucht aus den vielen Schlüsseln an seinem Schlüsselbund einen rostigen heraus und schließt die Bodentür auf.

Sandra stolpert im Dunkeln über Stapel von alten Zeitungen. Dirk zündet eine Kerze an. Hinter einem alten Schrank stehen eine Holzkiste und ein Regal im rechten Winkel. Sie setzen sich auf die Kiste, und Dirk leuchtet mit der Kerze das Regal ab. „Meine Sammlung", sagt er, und Sandra entdeckt Blechspielzeug in allen Farben und Formen leuchtend bunt, verrostet, groß, klein. „Manches hat mir meine Mutter noch geschenkt, als ich fünf oder sechs war. Die meisten aber habe ich selbst gekauft, auf dem Weihnachtsmarkt, auf Trödelmärkten oder getauscht. Super, was?" Er ist schon dabei, seine Lieblingsstücke aufzuziehen. Da tanzt der Bär, da schaukelt ein Affe, da dreht sich das Karussell, da hackt einer Holz, fährt Auto und Motorrad. Mein Alter sagt, ich sei zu groß dafür und wollte mein Spielzeug für einen guten Zweck stiften. Da habe ich die Sachen hier versteckt. Du bist die einzige, die jetzt weiß, wo ich stecke, wenn er mich mal wieder dringend sucht. Hier, die sieht dir ähnlich!" Er läßt eine Puppe tanzen, mit einem langen schwarzen Zopf mit bunten Spangen.

Sandra lacht. „Ich bin nicht aus Blech, und ich muß mich auch nicht verstecken", sagt sie leise.

„Nein, mußt du nicht." Dirk leuchtet ihr ins Gesicht. „Nein, mußt du wirklich nicht." Mit der freien Hand löst er vorsichtig Sandras Zopf auf, zieht das Band heraus.

Sandra schüttelt den Kopf, die Haare fallen ihr übers Gesicht, sie senkt den Kopf, damit Dirk nicht sieht, wie sie sich freut. Aber er schiebt den Haarvorhang beiseite. „Hier die Tänzerin, schenk' ich dir."

„Dank für Mathe brauche ich nicht." Sandra hätte sich am liebsten die Zunge abgebissen für diese Bemerkung.

„Ach, meinst du, es gibt nichts Wichtigeres als Mathe auf der Welt?" Dirk ist gar nicht beleidigt. „Ich schenk' sie dir, weil ich froh bin, daß du mich nicht auslachst, weil ich gern spiele, wenn ich traurig oder glücklich bin – und heute bin ich glücklich. Komm, ich bring' das wieder in Ordnung. Halt mal die Kerze." Vorsichtig greift er in Sandras langes Haar und flechtet es ganz locker. „Er steht dir, dein alter Zopf. Laß dich nie überreden, ihn abzuschneiden."

Sandra ist froh, daß er im Halbdunkeln nicht sieht, wie sie rot wird.

Daheim stellt sie die Blechtänzerin auf die Fensterbank in ihrem Zimmer neben die graue Muschel. Martha schläft schon. Sandra beginnt, den Koffer mit ihren Büchern auszupacken und findet ihr Tagebuch. Sie setzt sich an den Holztisch und schreibt: *Morgen holt Dirk mich im Jugendheim ab ...* und meine Poster hänge ich auf, und einen Brief muß ich schreiben, denkt sie, damit Erika sich keine Sorgen macht.

Renate Axt

Dein Freund Walter

Mit einem Laib Brot unter dem Arm schlenderte ich hinter der Taube her. Die Taube hatte einen grünen Fleck am Hals und war bräunlich an den Flügeln. Wie ein Schiff, das zuviel geladen hat, gleitet sie über die Steine, dachte ich. Rote Füße auf grauem Pflaster.

Die Taube war hungrig. Ich riß vom Laib Brot ein Stück ab und warf es ihr hin. Hungrig? Als Kind war ich oft sehr hungrig gewesen. Es war Krieg, und es gab wenig zu essen.

Heute morgen hatte ich den rot eingebundenen Gedichtband gefunden. Ich war zwölf, als ich ihn geschenkt bekam, und es war Krieg. Meine Mutter brachte mich zu meiner Tante und Cousine nach Hainichen in Sachsen. Der Onkel war Soldat, wie mein Vater auch. Meine Mutter war besorgt um mich. Sie wollte mich nicht mehr dem Fliegeralarm und den nächtlichen Gängen in den Keller aussetzen. Bei der Tante auf dem Land war es weniger gefährlich.

Ich war gerade elf geworden, als sie mich hinbrachte. Ich konnte es nicht verstehen. Und als sie wegfuhr und ich bleiben mußte, war ich böse auf sie. Ich empfand es als Verrat. Meinen Bruder schickten sie ja auch nicht weg. Sie haben mich rausgeworfen, dachte ich wütend. Ich kam mir verlassen vor.

Meine Cousine fand ich zickig, meine Tante war freundlich, aber streng. Alles war neu und ungewohnt. Ich hatte Heimweh. Aber nach einigen Wochen hatte ich mich doch eingelebt. Und die Schule auf dem Land machte sogar manchmal Spaß.

Es war auf dem Heimweg von der Schule. Walter hatte mir verlegen einen rot eingebundenen Gedichtband gegeben, „zum Geburtstag“, hatte er gesagt.

„Ich werde doch erst morgen zwölf.“

„Ich konnte es nicht mehr erwarten“, sagte er.

Als wir um die Ecke vom Grünberg gekommen waren und er abbog in Richtung zu dem Bauernhof seiner Eltern und ich zu unserem Wohnhaus am Rande des Feldes, hatte ich das Buch aufgeschlagen. Da stand in seiner steilen Jungenhandschrift: *Dein Freund Walter.*

Ich las keinen Vers, ich sah nur die Worte: *Dein Freund Walter.*

Ich hatte mich ins Gras gekniet und das Buch neben mich gelegt. Noch nie hatte jemand für mich *Dein Freund* geschrieben.

Ich hatte Hunger. Brennenden Hunger. Aber Walter sagte ich das nicht.

Seine Eltern hatten einen Bauernhof. Er hatte bestimmt nie Hunger.

Ich legte mich flach auf den Boden und nahm einen Grashalm, ohne ihn abzureißen, in den Mund. Er schmeckte süßlich.

Die Heuschrecken sprangen auf. Der Ranzen lag im Löwenzahn. Zittergras überall. Heuschrecken sprangen auf. Ich versuchte, eine zu fangen, vielleicht, um sie zu töten, aber sie sprangen immer weg, bevor ich die Finger schließen konnte.

Verbissen und wütend rannte ich hin und her, hastete wie verrückt über die Wiese. Ich warf mich auf die Heuschrecken oder dorthin, wo ich eine vermutete. Und doch hatte ich Angst, daß eines dieser grünen Tiere sich an meinem hellen Kleid plattdrücken könnte. Eigentlich wußte ich nicht genau, warum ich so versessen Jagd auf die Tiere machte.

Ich schmeckte immer noch das Gras und fühlte die Enttäuschung, daß ich es nicht essen konnte. Das Gezirpe der Heuschrecken ärgerte mich. Ich nahm den Ranzen und warf ihn wieder und wieder ins Gras. Ich wollte sie zum Schweigen bringen. Und ich hörte sie zirpen: Du kannst uns nicht essen, und du kannst uns nicht töten.

Ich rannte daheim die Treppe hinauf und dachte nur essen, essen, essen. Ich lief zum Wasserkrug und nahm einen großen Schluck. In der Wohnung der Tante gab es kein fließendes Wasser, das holten wir am Brunnen im Hof.

Da kam die Tante mit der Milchkanne und stellte sie neben mich. Ich und meine Cousine Edith, wir wurden immer geschickt, Milch zu organisieren. Wir sagten hamstern. Ich dachte, wir betteln um Milch. Die Tante mochte das Wort betteln nicht. Es war nicht fein. Sie sagte: „Besorge Milch." Und, wenn ich mich sträubte, drückte sie mir die Kanne in die Hand wie jetzt und sagte: „Geh, Kind, es muß sein."

Ich schwang die Milchkanne wie eine Keule gegen die Tante, die Cousine, die Bauern, die Mutter, ich schwang sie gegen den Krieg und die feindlichen Flugzeuge. Jedem in meiner Nähe hätte ich die Kanne auf den Kopf schlagen wollen.

Die Tante sah mir nach und rief: „Verstecke die Kanne, damit dich keiner damit sieht, Kind. Und sage immer vielen, vielen Dank und einen Gruß von meiner Tante."

Auf dem Brunnenrand saß eine Taube mit einem grünen Fleck am Hals und bräunlichen Flügeln. Ich ging rasch weiter. Die Kanne hatte ich unter der Jacke versteckt, so gut das ging.

Wieder stand ich vor einer Bäuerin und sagte: „Können Sie uns bitte, bitte..." Ich haßte diese Bettelei. Ich lächelte jedoch treuherzig. Ich hatte das ausprobiert. Auch sprach ich noch ein wenig meinen hessischen Dialekt. Und so frugen sie immer, wo ich herkomme, wo meine Eltern seien. Und ich sagte: „Wo meine Eltern jetzt sind, weiß ich nicht. Der Vater ist in Rußland und muß kämpfen, und meine Mutter und mein Bruder sind evakuiert. Sie sind auf einem Bauernhof im Odenwald untergekommen. Es fallen zu viele Bomben auf unsere Stadt.

Ich sah in ihr Gesicht und wußte genau, sie dachte, ob die Eltern der Kleinen noch am Leben sind?

Sie fragte: „Du bekommst keine Post? Keinen Brief?"

„Nein“, sagte ich traurig. In solchen Augenblicken versuchte ich mich krampfhaft an den alten Dialekt zu erinnern. Versuchte breiter zu sprechen. Und so ergab sich ein Gemisch aus dem Hessischen mit dem Sächsischen. Es hörte sich komisch an.

Ich stand vor der Bäuerin und machte mich klein. Noch kleiner. Da stand ich, vermutlich eine kleine Waise, die um Milch und Kartoffeln bat.

Ich bekam immer etwas. Ich hatte eine Strategie entwickelt. Meine Cousine Edith schaffte das selten.

Ich stand da, der Hofhund bellte wie verrückt, zerrte an seiner Kette, da sah ich Walter um die Ecke biegen. Ich wußte, wo Walter wohnte, doch zu dem Hof seiner Eltern war ich noch nie gegangen.

Ich sah zu Walter hinüber und schämte mich. Und dann fühlte ich den Hunger um so mehr. Mir wurde fast schlecht. Walter stand da und hatte ein großes Stück Brot in der Hand. Er biß gerade hinein. Ich sah genau, es war ein zusammengeklapptes Brot, mit Wurst belegt.

Etwas mußte in diesem Moment geschehen sein. Er sah mich an und hielt im Kauen inne. Er rannte auf mich zu, gab mir das Brot und rannte weg.

Ich biß hinein. Da kam die Bäuerin mit der Milchkanne wieder. Ich hörte auf zu kauen und versteckte das Brot hinter meinem Rücken, als könne die Frau es mir wegnehmen. Sie lächelte und gab mir die gefüllte Kanne. Ich dankte ihr und rannte fort. Als keiner mich beobachten konnte, nahm ich das Brot und aß es ganz langsam auf. Walter hatte mir sein Brot gegeben. Mein Freund Walter. Mein erster Freund.

Ich hatte nie mehr was von Walter gehört. Meine Tante auch nicht. Ob er sich noch an mich erinnerte? Ich hatte ihn auch vergessen. Erst als ich heute morgen den kleinen Gedichtband fand, fiel mir das alles wieder ein.

Ich riß noch ein Stück vom Brot ab und warf es den Tauben hin. Inzwischen waren es viele geworden. Ich nahm auch ein Stück und kaute ganz langsam. Hatte es noch den Geschmack von damals?

Danica Langenstein

Lana

Das schwere Motorrad raste in einem mörderischen Tempo über die Landstraße. Michael beugte sich tief über den Tank. Fast verkrampft umklammerten seine Hände die Griffe des Lenkers. Es war riskant, hier so schnell zu fahren, aber der Junge genoß den Rausch der Geschwindigkeit. Er ließ ihn den Alltag vergessen, den nörgelnden, unzufriedenen Vater, das abgehetzte, verängstigte Gesicht der Mutter und den Vorwurf, den er so oft in ihren Augen las, wenn sie ihn ansah. Als ob es seine Schuld wäre, daß Vater den Job verloren hatte und jetzt mißgelaunt zu Hause vor der Glotze saß. Es widerte ihn an, wenn er seine Mutter wie ein verschrecktes Kaninchen um den Vater herumspringen sah. Nur still sein, ja nicht seinen Zorn provozieren. Es machte ihn so aggressiv, daß er sich ungeheuer beherrschen mußte, um nicht loszubrüllen. Und dann gab's nur noch eins: abhauen, raus aus der Wohnung, am besten zu seinen Kumpels fahren und mit Lars, Rolo, Pinki und den anderen ordentlich einen draufmachen.

Michael bremste die Maschine ab. Ein großes Verbotsschild mißachtend, bog er rechts auf das Gelände der Kiesgrube ein und fuhr langsam zu ihrem Treffpunkt, einem breiten Schotterplateau am oberen Rand.

Die Clique war vollständig versammelt. Fünfzehn Mann auf ihren chromblitzenden aufgemotzten Maschinen in der sengenden Hitze. Michael streifte sich den Sturzhelm vom Kopf und strich sich über die kurzen Haarstoppeln. Sich den Schädel glattrasieren zu lassen, hatte er doch nicht gewagt. Darin unterschied er sich von seinen Freunden und noch in einem weiteren Punkt. Er hatte keine einzige Tätowierung auf der Haut, nicht einmal das Symbol der Gang, wobei er dies als Zeichen seiner Zugehörigkeit mit Stolz getragen hätte. Denn nur wer sich in den Augen des Anführers mehrfach bewährt hatte, war berechtigt, sich den Rattenkopf unter die Haut stechen zu lassen.

Hackis schrille Stimme riß Michael aus seinen Gedanken. „Los Jungs, gebt Gas!"

Die Maschinen wurden gestartet. Dröhnend brüllten die Motoren auf. Durchdrehende Räder spritzten den feinen Schotter beiseite, und dann jagten sie in halsbrecherischen Manövern durch die Kiesgrube.

Erst nach Mitternacht kam Michael nach Hause. In der Küche brannte noch Licht. Seine Mutter saß im Morgenmantel am Tisch. Sie rauchte, vor sich den randvollen Aschenbecher. Unter ihren Augen hatten sich tiefe Schatten gebildet.

„Wieso bist du noch wach, geht's dir nicht gut?"

„Doch, doch, alles in Ordnung." Für einen Moment stützte sie ihr Gesicht in beide Hände, dann stand sie schwerfällig auf. „Ich geh dann ... Gute Nacht."

„Gute Nacht!"

Eigentlich hätte Michael gerne noch mit ihr geredet, ihr erzählt, warum er erst so spät nach Hause gekommen war. Aber er tat nichts, um sie zurückzuhalten. Wozu auch? Wahrscheinlich hätte sie ihn sowieso wieder auf morgen vertröstet. Nicht böswillig, sondern weil sie selbst nicht wußte, wo ihr vor Sorgen und Arbeit der Kopf stand.

Michael ging zum Kühlschrank und holte sich ein Bier aus dem untersten Fach. War es sein fünftes oder sechstes? Er konnte sich nicht mehr erinnern. Es schmeckte abgestanden.

In seinem Zimmer drückte er den Knopf des Kassettenrecorders. *Heavy metal*-Musik dröhnte aus den Lautsprechern. Was hätte er seiner Mutter eigentlich erzählen sollen? Daß er mit Lars und den anderen in ihrer Stammkneipe gewesen war und sie ihn Schlaffi genannt hatten, weil er versucht hatte, den Zoff zu verhindern?

Er fegte einige Motorradzeitschriften vom Bett.

Einer der Türken hätte ihn auf dem Weg zur Toilette zur Seite gerempelt, hatte Rolo behauptet, und ihn dumm angequatscht. Michael hatte ihm das nicht ganz abgenommen. Rolo selbst hatte in seinem Suff doch schon rumgestänkert, als die vier Ausländer das Lokal betraten.

Michael zog sich aus. Seine Kleider flogen achtlos in eine Ecke.

„Willst du behaupten, daß ich lüge?" hatte Rolo ihn

dann angebrüllt. „Wem glaubst du mehr, einem Kumpel oder so einem Knoblauchfresser?“

Was hätte er denn tun sollen? Es war doch klar, daß er sich niemals gegen einen Kameraden stellen würde. Zusammenhalten wie Pech und Schwefel galt als oberstes Gebot für jeden Ranger. Natürlich waren sie in der Überzahl gewesen, und wenn die Türken nicht gleich abgezogen wären, hätte es sicher für die ein paar blaue Flecken mehr gegeben. Aber so war ja eigentlich nichts passiert.

Als Michael schließlich im Bett lag, war der Vorfall bereits in weite Ferne gerückt. Der Alkohol und das dumpfe, gleichmäßige Hämmern der Musik ließen ihn in eine gedankenlose Leere fallen, aus der er hinüberglitt in einen bleiernen, traumlosen Schlaf.

Am nächsten Morgen kam Michael zu spät in die Schreinerei. Er murmelte etwas von rasenden Kopfschmerzen und verdrückte sich schnell ins Lager, wo er Material für einen Messestand zusammensuchen und in Kisten verpacken mußte. Keine besonders anspruchsvolle Arbeit, aber Michael war zufrieden, überhaupt etwas gefunden zu haben. Außerdem bezahlte der Meister anständig, und ein Leben lang würde er diesem stupiden Job ohnedies nicht nachgehen. Wer weiß, vielleicht würde er ja doch auf die Schule zurückgehen.

Michael mußte an Ulf und Pinki denken. Beide hatten letzte Woche ihren Job verloren und sich beim Stammtisch total gefrustet bis zur Bewußtlosigkeit besoffen. Haßerfüllter Protest gegen die Ausländer wurde grölend herausgebrüllt. Es brauchte nur noch einen Funken, um die Explosion auszulösen.

Schon wenige Tage später sollte es dazu kommen.

Völlig aufgelöst erschien Rolo beim Stammtisch und behauptete, die Kanaken hätten seine kleine Schwester angemacht. Am Nachmittag vor dem Ausländerheim. Zu zweit hätten sie ihr den Weg versperrt. Als die Kleine versuchte, sich an ihnen vorbeizudrücken, hätte sie einer gepackt und festgehalten, während der andere versuchte, sie anzugrabschen. Die Kleine hätte geschrien und um sich geschlagen, aber das hätten die beiden Typen nur komisch gefunden. Erst als einige Passanten kamen, hätten sie das Mädchen laufenlassen.

Nach diesem Ereignis stand für Lars und seine Gang fest: Jetzt galt es zu handeln.

Als sich die zehn Ranger bei einbrechender Dunkelheit auf ihre Motorräder schwangen und losbrausten, war Michael nicht besonders wohl in seiner Haut. Doch wenn er sich jetzt absetzte, brauchte er sich nie wieder blicken zu lassen.

Das Ausländerheim lag auf der anderen Seite der Stadt, unmittelbar neben dem verrußten Fabrikgebäude der stillgelegten Eisenhütte. Es war ein schmutziggelber Betonbunker, vor dessen Eingangstür einige Bewohner rauchend und palavernd herumstanden oder auf den Treppen hockten.

Als die Maschinen der Ranger auftauchten, verzogen sich die meisten ins Haus. Die anderen verstummten und sahen den Ankömmlingen unsicher entgegen, die sich jetzt im Halbkreis formierten und drohend näher rückten. Es waren ein altes Paar, zwei Burschen und zwei kleine Jungen. Mit einer Handbewegung befahl Lars den anderen, stehenzubleiben. Er selbst und Rolo stellten ihre Motorräder ab, ohne die kleine Gruppe aus den Augen zu lassen, und gingen bedächtig auf sie zu. Immer näher. Die alte Frau legte schützend ihre Arme um die Kinder. Sie waren bis an die Hauswand zurückgewichen. Michael verfolgte die Szene angespannt. Schweiß lief ihm über die Stirn. Verdammt! Was sollte dieser Zirkus? Wenn Rolo und Lars die Verantwortlichen zur Rede stellen wollten, mußten sie doch nicht so eine Show abziehen. Und vor allem sollten sie die Jungen aus dem Spiel lassen. Die beiden waren jetzt ganz dicht an die Gruppe herangetreten. Mit einem Griff packte sich Lars einen der jungen Männer am Kragen und drückte ihn brutal gegen die Wand.

„Wer von euch Schweinen war es?" zischte Lars.

Rolo hielt unterdessen die anderen in Schach.

„Los, raus mit der Sprache!" Er faßte noch härter zu.

Der junge Türke stieß einen erstickten Schmerzenslaut aus. „Was ... was wollt ihr?" keuchte er. Vergeblich versuchte er, sich aus der eisernen Umklammerung des Bandenführers zu befreien. „Wir haben nichts gemacht."

Lars faßte ihn am Handgelenk und drehte es unsanft nach hinten um. „Nein, wirklich nicht?" Ein ironisches Grinsen flog über sein Gesicht. „Und das kleine blonde Mädchen, wer hat das angemacht?" Er drehte das Handgelenk noch ein Stück weiter. Wieder stöhnte der Mann auf.

Michael hielt die Luft an. Wie weit würde es Lars noch treiben? Und Rolo und die anderen? Haß und unverhohlene Schadenfreude entstellten ihre Gesichter. Plötzlich begriff Michael, daß es im Grunde nicht mehr um Rolos

Schwester ging, sondern um eine Demonstration von Macht, Gewalt und Schikane. Sein Magen rebellierte. Ihm war speiübel. Lars war wohl verrückt geworden. Jetzt fingen auch noch die beiden Jungen zu weinen an. Aber auch das konnte Lars nicht dazu bewegen, aufzuhören.

Gerade als Michael überlegte, ob er eingreifen solle, wurde die Eingangstür des Hauses aufgerissen, und ein junges Mädchen stürzte heraus. Sie lief direkt auf Rolo zu.

„Laß mich durch!" herrschte sie ihn in fast akzentfreiem Deutsch an. „Oder wollt ihr auch die Kinder fertigmachen?" Zorn funkelte in ihren Augen. Sie sah aus, als würde sie keine Sekunde zögern, ihr Gegenüber anzugreifen. Völlig überrascht trat Rolo zur Seite. Auch Lars war durch das Erscheinen des Mädchens aus der Fassung geraten. Er hatte den Türken losgelassen und sah ungläubig grinsend zu, wie sie die schluchzenden Jungen an die Hand nahm und mit ihnen zum Haus zurückging. Im Eingang drehte sie sich noch einmal um, so, als wolle sie sich die Mienen der Ranger für immer einprägen. Als ihr Blick Michael traf, wurde ihm siedendheiß. Was er in ihren Augen lesen konnte, war viel schlimmer als Haß oder Wut. Es war Verachtung.

Der Spuk war beendet. Nach einer letzten, drohend ausgesprochenen Warnung gingen Lars und Rolo zu ihren Maschinen zurück. Für dieses Mal wollten sie es genug sein lassen, aber ausgestanden war die Angelegenheit damit noch lange nicht. Auf einen Wink ihres Anführers hin donnerten die Ranger davon.

Michael fuhr nach Hause. Mit einer fadenscheinigen Entschuldigung hatte er sich von seinen Freunden abgesetzt. Er hatte keine Lust, mit ihnen noch durch die Kneipen zu ziehen. Pausenlos mußte er an das Mädchen denken. Wie sie ihn angesehen hatte. In ihren Augen war er das Schwein gewesen, und nicht diejenigen, die Rolos Schwester belästigt hatten. Wahrscheinlich hielt sie die Geschichte sogar für erlogen. Und wenn Rolo den Vorfall tatsächlich nur erfunden hatte, um ...? Lächerlich. Michael verdrängte die aufkommenden Zweifel sofort. Okay, man konnte ihnen vorwerfen, sich nicht an die Verantwortlichen gewandt zu haben, aber wie hätte Lars anders versuchen sollen, an die ranzukommen? Er mußte mit dem Mädchen reden. Der Gedanke ließ ihn nicht mehr los. Egal wie, er mußte sie wiedersehen.

Die nächsten Tage ließ Michael nichts unversucht, um mit dem Mädchen zusammenzutreffen. Wann immer es seine Zeit erlaubte, streifte er auf seinem Motorrad in der Nähe des Ausländerheims umher. Schließlich fragte er sogar einen Bewohner nach ihr. Doch statt einer Antwort erhielt er nur ein verständnisloses Lächeln.

Trotzdem gab er nicht auf. Und eines Morgens hatte er Glück. Früher als sonst war er auf dem Weg zur Arbeit an dem gelben Gebäude vorbeigefahren, ganz langsam. Und genau in diesem Moment trat das Mädchen auf die Straße.

Sie hatte ihn sofort entdeckt und blieb wie erstarrt stehen. Michael stieg auf die Bremse. Sein Herz klopfte bis zum Hals. Er hatte sie nicht so hübsch in Erinnerung gehabt. Statt der ausgewaschenen Jeans trug sie einen langen, flatternden Rock. Ihre dunklen Haare umrahmten in wilden Locken ihr schmales Gesicht. Am liebsten wäre Michael einfach zu ihr hingelaufen, aber er blieb stehen

7 4831-14

und wartete. Sie sollte selber entscheiden können, ob sie mit ihm sprechen wollte.

Zögernd kam sie auf ihn zu. „Was willst du hier?“ Sie musterte ihn mißtrauisch. Ihre ablehnende Haltung machte es Michael schwerer, als er gedacht hatte. Aber konnte er etwas anderes erwarten?

„Mit dir reden.“ Er versuchte, sich unbefangen zu geben.

„Ich wüßte nicht, worüber.“

Michael holte tief Luft. „Über diesen blöden Streit zwischen uns und euch.“ Sofort wurde er sich bewußt, daß die Wahl seiner Worte nicht besonders klug gewesen war.

„Wir hatten keinen Streit mit euch.“ Die Betonung lag auf „wir“.

Michael schluckte.

„So hab ich das auch nicht gemeint“, korrigierte er sich. „Ich will dir doch nur alles erklären. Könnten wir uns nicht heute abend treffen? Kennst du den alten Kiosk am Fluß unten?“ Er machte eine kurze Pause. „Oder wo du willst. Bitte!“

Eine Ewigkeit schien zu vergehen, bis sie endlich antwortete. „Okay, um sieben am Kiosk.“ Sie wandte sich zum Gehen.

„Übrigens, ich heiße Michael.“

Das Mädchen blieb stehen und sah ihn lange an. „Ich heiße Lana.“ Dann drehte sie sich um und ging.

Michael blickte ihr versonnen nach. Lana! Ein außergewöhnlicher Name. So außergewöhnlich wie das Mädchen.

In diesem Augenblick dachte Michael nicht an Lars und die Ranger und ihre Reaktion, wenn sie von seinem Treffen mit Lana erfahren sollten. Dazu kam es erst später, als er bereits wieder bei der Arbeit war. Eine dumpfe Beklemmung überfiel ihn. Hatte er sich nicht benommen wie ein Verräter? Er wußte doch, daß sie seinen Alleingang niemals billigen würden. Vielleicht sollte er die Verabredung besser platzen lassen. Sofort verwarf er den Gedanken wieder. Dazu gab es keinen Grund. Er mußte einfach aufpassen, daß keiner seiner Kameraden davon erfuhr.

Der kleine Fluß lag etwas außerhalb der Stadt. Früher war er ein beliebtes Ausflugsziel gewesen, aber seit das Baden wegen der starken Wasserverschmutzung verboten worden war, verirrte sich kaum noch jemand dorthin. Und die Ranger schon gar nicht, zumal man nicht bis ans Ufer fahren konnte, sondern den letzten Kilometer zu Fuß gehen mußte.

Als Michael ankam, war Lana schon da. Sie saß auf einer der verwitterten Holzbänke vor dem geschlossenen Kiosk.

„Hallo." Michael begrüßte sie mit einem verlegenen Lächeln. „Wartest du schon lange?"

Lana schüttelte den Kopf. „Nein, ich bin auch gerade erst gekommen." Sie wartete, bis er sich einen wackeligen Klappstuhl herangezogen und sich verkehrt herum darauf gesetzt hatte. „Was wolltest du mir denn nun erklären?" Sie sah ihn prüfend an.

„Ja, also ..." Michael brauchte nicht lange nach den passenden Worten zu suchen. Er war froh, ihr endlich das sagen zu können, was er in Gedanken bereits etliche Male durchgespielt hatte.

Lana hörte ihm aufmerksam zu. Ihr Gesicht zeigte keine Regung.

„Darf ich dich was fragen?“ erkundigte sie sich, als er geendet hatte. Jetzt legte sich ein spöttischer Zug um ihre Mundwinkel. „Was hättet ihr gemacht, wenn es Deutsche gewesen wären? Wärt ihr auch hingefahren und hättet euch wahllos einen Mitbewohner des Hauses herausgegriffen und bedroht?“

Michael schoß das Blut in den Kopf.

„Nein, natürlich nicht. Aber das ist auch etwas ganz anderes, weil ... weil ...“

„... weil es von uns dreckigen Ausländern praktisch jeder hätte sein können?“ unterbrach ihn Lana zornig. „Weil wir uns schon dadurch schuldig machen, daß wir überhaupt da sind? Oder weil wir Menschen dritter Klasse sind? Ist es das, was du mir sagen wolltest?“ Sie sprang auf. Tränen schossen ihr in die Augen. „Da hätte ich mir den Weg hierher sparen können.“

„Lana ...“ Michael war ebenfalls aufgestanden. „Lana, ich ...“

Sie ließ ihn nicht zu Wort kommen. „Noch eins, Michael: Keiner von unseren Leuten ist es gewesen! Aber sie haben gesehen, wie es passiert ist. Sie haben die Männer auch lachen und sprechen gehört.“ Mit derselben Verachtung wie neulich sah Lana ihn jetzt an, ehe sie ihm den nächsten Satz entgegenschleuderte. „Es waren Deutsche.“ Damit drehte sie sich um und lief auf den schmalen Weg zu, der zur Hauptstraße führte.

Michael brauchte einige Sekunden, um sich von dem Schock zu erholen. Dann raste er hinter dem Mädchen her. Nach wenigen Metern hatte er sie eingeholt und packte sie am Arm.

„Jetzt hörst du mir zu!“ Er war fest entschlossen, sie erst loszulassen, wenn sie alles gehört hatte. „Also, ich war dabei, okay! Und am Anfang fand ich es auch in Ordnung, daß der Schuldige zur Verantwortung gezogen werden sollte. Es war mir auch klar, daß irgendeiner der Heimbewohner angesprochen werden mußte, um die Täter zu finden. Aber was dann abgezogen wurde, wollte ich wirklich nicht. Außerdem“, er unterbrach sich kurz, „außerdem schäme ich mich. Ich hätte eingreifen müssen, nachdem mir aufgegangen war, daß Lars und Rolo nur Terror machen wollten.“ Er ließ sie wieder los.

Lana lief nicht fort. Ihr Zorn war einem ungläubigen Staunen gewichen.

„Ist das wahr?“ fragte sie leise.

Michael nickte. Sie sahen sich schweigend an. Dann ging Lana ein paar Schritte weiter und setzte sich ins Gras. Michael folgte ihr.

„Wie hast du bloß den Mut aufgebracht, die Jungen da wegzuholen?“ fragte er nach einer Weile.

Lana zuckte die Schultern.

„Einer mußte es doch tun, oder? Weißt du“, begann sie plötzlich, „wir sind Rumäniendeutsche. Mein Vater war Professor an der Universität in Bukarest, bis er von der *Securitate* verhaftet wurde. Wegen angeblicher staatsfeindlicher Agitationen verurteilten sie ihn zu fünf Jahren Gefängnis. Mein Bruder und ich waren damals noch Kinder. Wir haben nie begriffen, warum sie uns unseren Vater genommen hatten. Als er entlassen wurde, war er ein gebrochener Mann. Er hat sich von den Folterungen nicht mehr erholt. Nach drei Monaten in Freiheit ist er gestorben.“ Sie machte eine kurze Pause, bevor sie weitersprach. „Hast du schon einmal richtig Angst gehabt?“

Michael schüttelte den Kopf.

„Dann kannst du dir auch nicht vorstellen, wie es ist. Aber die meisten von uns wissen, was es heißt, Angst zu haben. Deswegen sind sie hergekommen, geflohen vor Bomben, Terror, Hunger und Elend. Und jetzt müssen sie Angst haben vor euch.“ Lana konnte das Zittern in ihrer Stimme nicht mehr verbergen. Sie verstummte.

Michael war völlig hilflos. Verdammt noch mal, was sollte er jetzt sagen? Jedes tröstende Wort konnte nur lächerlich wirken. Schließlich umfaßte er ihre Schultern und zog sie an sich. Behutsam strich er ihr die Haare zurück. Lana wehrte sich nicht gegen seine Zärtlichkeit, sondern schmiegte sich an ihn. Erst nach ein paar Sekunden löste sie sich aus seiner Umarmung und stand auf.

„Ich muß jetzt gehen. Meine Mutter wartet auf mich.“ Sie hatte sich wieder völlig in der Gewalt.

„Kann ich dich wiedersehen?“ fragte Michael.

Lana zögerte. Schließlich stellte sie sich auf die Zehenspitzen und drückte ihm hastig einen Kuß auf die Wange. Dann lief sie davon.

Michael blieb noch einige Minuten stehen und blickte gedankenverloren in die Richtung, in die das Mächen verschwunden war. Lanas Worte hatten ihn zutiefst erschüttert und gleichzeitig etwas in ihm zum Klingen gebracht. Ein Gefühl unendlicher Zärtlichkeit.

Als er wenig später zu seinem Motorrad zurückging, hatte er sich fest vorgenommen, bei Lars und Rolo klarzustellen, daß sie ihre Wut an den Falschen ausgelassen hatten. Das war er Lana einfach schuldig.

„Leute, dafür werden sie bezahlen!“

Michael hörte nur noch den letzten Satz von Lars’ donnernder Rede, als er am Abend des nächsten Tages die Stammkneipe der Ranger aufsuchte. Beifälliges Pfeifen und Bravorufe folgten. Als Michael den Schankraum betrat, steigerte sich der Lärm zu freudigem Gejohle. Sie begrüßten ihn, als hätten sie ihn seit Wochen nicht gesehen. In Wirklichkeit hatte er sich nur die letzten Tage etwas rar gemacht.

Rolo kam mit glasigem Blick auf ihn zu. „He, Mann, wo steckst du denn die ganze Zeit? Hast du endlich ’ne Braut aufgetan, oder was war los?“

Michael grinste nur vielsagend und hüllte sich in bedeutungsvolles Schweigen. Das schützte ihn zwar nicht vor Vermutungen, aber vor weiteren Fragen. Irgend etwas lag in der Luft, das ihn zur Vorsicht mahnte, und schon wenig später wußte er, daß er sich nicht geirrt hatte.

Hacki und der Dicke hatten am Vorabend Zoff in der Imbißbude gehabt. Nach einer Auseinandersetzung mit dem Wirt war es zu einer Schlägerei gekommen, bei der die beiden Ranger nicht nur kräftig einstecken mußten, sie wurden letztlich sogar von dem türkischen Würstchengriller und seinen Landsleuten vor die Tür gesetzt.

Jetzt planten die Ranger einen Vergeltungsschlag.

„Wenn wir mit denen fertig sind, werden sie freiwillig abziehen“, tönte Hacki großspurig.

Es herrschte ein heilloses Durcheinander, in dem jeder

meinte, seinen Kommentar abgeben zu müssen. Als Michael sein Bier bezahlen und gehen wollte, nahm Lars ihn zur Seite.

„Ist irgendwas?“ fragte er ihn. „Du machst den Mund ja heute gar nicht auf!“

Michael winkte ab.

„Nee, war nur ’n langer Tag.“

„Ach so, ich dachte schon ...“ Lars grinste und schlug ihm kumpelhaft auf die Schulter. „Also bis Samstag. Ich rechne fest mit dir!“

Sie hatten Molotowcocktails. Pinki erzählte es Michael stolz am Telefon. In seiner Begeisterung fiel ihm Michaels Schweigen nicht auf.

„Jetzt gib Gas“, rief er aufgekratzt in den Apparat, „sonst verpaßt du die Supershow.“

Michael war wie versteinert. Er hielt den Hörer noch in der Hand, als Pinki längst aufgelegt hatte. Plötzlich sah er Lana vor sich, wie sie die beiden weinenden Jungen an der Hand hielt. Es durchfuhr ihn wie ein Blitz. Er mußte sie warnen. Er mußte den Rangern zuvorkommen.

Michael riß den Zündschlüssel seiner Maschine vom Haken und stürzte aus der Wohnung. In einem Wahnsinnstempo raste er durch die Stadt, überquerte freie Kreuzungen bei Rotlicht, nahm verbotene Abkürzungen, bis endlich der gelbe Betonbunker vor ihm auftauchte.

Er hatte es geschafft. Noch war alles still. Bedrohlich still. Michael verlor keine Zeit und stürmte ins Haus.

„Los, ihr müßt raus hier!“ schrie er. „Raus, und macht alles dicht, alle Fenster zu, Rolläden runter.“

Türen gingen auf. Aber nur ratlose Gesichter blickten ihm entgegen, als er verzweifelt versuchte, sich verständlich zu machen. „Lana, wo wohnt sie? Wo ist Lana?"

Endlich begriffen sie ihn. Im dritten Stock. Michael stürzte die Treppen hoch. Als er oben ankam, brauchte er Lana nichts mehr zu erklären. Beide hörten schon das Dröhnen der Motoren.

„Was werden sie tun?" fragte Lana.

Michael schüttelte fassungslos den Kopf. „Ich weiß es nicht. Aber sie haben genug Zeug dabei, um das ganze Haus anzuzünden."

Lana reagierte blitzschnell. Als erstes mußten die Kinder in Sicherheit gebracht werden. Am besten, sie verließen das Gebäude über den Hofausgang.

Es war zu spät. Fensterscheiben zerbrachen klirrend. Der erste Brandsatz flog in ein Zimmer. Sekunden später stand es in Flammen. Zwei weitere Brandsätze folgten.

„Ruf die Polizei an!" Michael schrie Lana noch die Nummer der Feuerwehr zu, während er die Treppe wieder hinunterraste.

Im ersten Stock hatte das Feuer bereits weit um sich gegriffen, obwohl die Männer mit allen Mitteln versuchten, es unter Kontrolle zu halten.

Michael erkannte sofort die Aussichtslosigkeit der Lage. Alle Fluchtwege waren versperrt.

Beißender Rauch füllte seine Lungen. Er konnte kaum atmen.

„Hier kommen wir nicht mehr durch", keuchte er, „bringt die Kinder nach oben." Er versuchte zu schreien.

Verdammte Kiste, begriffen die nicht, daß sie hier raus-mußten?

Michael konnte nicht sagen, ob Minuten oder Stunden vergangen waren, während er und Lana halfen, die Kleinsten in die letzte Etage hochzutragen, die Alten zu stützen, zu trösten, Decken und Wassereimer zu schleppen. Er hatte jedes Zeitgefühl verloren. Seine Bronchien schmerzten. Er glaubte, ersticken zu müssen.

Unaufhaltsam fraßen sich die Flammen weiter. Sie griffen bereits auf das dritte Stockwerk über. Die Männer hatten eine Kette gebildet und versuchten, das Treppenhaus zu bewässern, um die Hitze zurückzudrängen und ein Übergreifen des Brandes zu verhindern. In dicken Schwaden quoll der Rauch nach oben, sie bekamen keine Luft mehr. Schon züngelten die ersten Flammen hoch.

Das war das Ende. Keiner sprach es aus, aber sie wußten es alle. Es gab nichts mehr zu retten, jeder Versuch war sinnlos geworden. Trotzdem kämpften sie weiter. Und dann sah Michael, wie Lana sich an den Hals griff und hustend zusammenbrach.

Mit einem Satz war er bei ihr. „Lana ...“ Er riß das Mädchen an sich. „Lana, komm ...“ Er versuchte sie aufzurichten.

Lana lehnte sich an ihn.

„Ich kann nicht mehr...“ Tränen der Erschöpfung rannen ihr über das rußverschmierte Gesicht. „Bitte...“ Sie rang nach Atem, „halt mich...“ Ihre Stimme versagte.

Schluchzend vergrub Michael sein Gesicht in ihren Haaren. Sie klammerten sich aneinander und beide wußten in diesem Moment der Hoffnungslosigkeit, daß sie sich nie mehr loslassen würden.

Später konnten sie sich nicht erinnern, wie sie der Flammenhölle entkommen waren. Sie hatten weder die Sirenen der herannahenden Rettungsfahrzeuge noch die Stimmen der Feuerwehrleute an den Fenstern wahrgenommen. Sie hielten sich immer noch aneinander fest, und erst als ein Sanitäter Decken um sie wickelte, kehrte ihr Bewußtsein in die Realität zurück.

Sie starrten auf das brennende Haus.

„Ich kann kaum glauben, daß es vorbei ist", flüsterte Lana.

Michael nickte. Dann sah er sie fragend von der Seite an. „Und ...?" Er brauchte nicht weiterzusprechen.

Lana wußte, welche Gedanken ihn bewegten. Sie drückte sich noch fester an ihn. Das sagte mehr als jedes Wort.

Theodor Weißenborn

Das Liebe-Haß-Spiel

In der Jahnstraße roch es nach saurem Kohl aus Faßbenders Delikatessenladen und noch immer nach dem Karbid, das Daniel am Mittag in eine Pfütze geworfen hatte. Die Sonne stand über der Esso-Garage und schien schräg in die Torwege, die Blondine auf der Litfaßsäule pries eine tolle Erfrischung an.

Sie standen bei Lamberts vor der Haustür: Tobias, Ente, Christian, Daniel, Sandra – die halbe Straßenbande. Ente warf den Ball vor sich auf die Erde und sagte mit einem Seitenblick auf Christian: „Kommt, laßt uns ‚Liebe-Haß‘ spielen!“

„Ach Quatsch!“ sagte Sandra. „Lieber Schlagball.“ Aber die andern waren für „Liebe-Haß“.

„Schlagball können wir ja nachher spielen“, sagte Ente. „Komm, mach mit!“

„Na schön“, sagte Sandra.

Christian triumphierte. Das Spiel reizte ihn. Er war gespannt, wie Sandra werfen würde. Es war das erste Mal, daß sie beim Liebe-Haß-Spiel mitmachte. Er stand dicht neben ihr, in Turnschuhen und karierten Shorts, neben dem gleichaltrigen blonden Mädchen, das seit drei Tagen im selben Haus wie er wohnte. Er wußte nicht mehr von ihr, als daß sie Sandra Redemann hieß und daß keiner der Jungen aus der Bande etwas an ihr fand. Während er mit der Linken das Armband in seiner Tasche umfaßte, hörte er Sandras Stimme und hatte wieder das Gefühl, das er zum ersten Mal verspürt hatte, als er bei Redemanns Einzug Sandras Fahrrad in den Keller getragen hatte und sie neben ihm die Treppe hinuntergegangen war... Er geriet ins Träumen und paßte nicht auf, als sie sich an der Hauswand nebeneinanderstellten, so daß Daniel zwischen ihm und Sandra zu stehen kam.

„Daniel!" rief Tobias, der der Reihe gegenüberstand, und warf Ente den Ball zu. Ente knallte den Ball auf die Erde. Das bedeutete „Haß". Sie war sauer auf Daniel. Er hatte sie am Morgen bei der Arbeit nicht abspicken lassen. Der Ball sprang zu Tobias zurück. Dann, als Tobias „Christian!" rief und ihr den Ball zum zweiten Mal zuwarf, warf sie ihn in einem niedrigen Bogen zurück, so daß man nicht wußte, ob der Wurf flach oder hoch sein sollte, „gleichgültig" oder „Liebe" bedeutete.

Die andern entschieden für „Liebe" und brüllten: „Joooh!" Ente, die rechts neben Christian stand, blickte ihn an, den Mund ein wenig geöffnet, als sei sie selbst betroffen über die Deutung des Wurfs. Christian biß sich auf die Lippen. Er wich Entes Blick aus. Es war ihm peinlich,

peinlich wegen Sandra. Ente war ihm lästig. Immer saß oder stand sie neben ihm! Sie war dick und konnte nicht laufen und roch nach Ich-weiß-nicht-was. Sandra konnte prima laufen. Als Tobias „Ente!" rief und ihm den Ball zuwarf, warf er „Haß". Dabei sah er Ente nicht an.

Die andern riefen: „Boooh!"

Dann rief Tobias: „Sandra!"

Christian zögerte einen Augenblick, die Linke in der Hosentasche um das Armband gekrallt, das er seit zwei Tagen bei sich trug, dann warf er den Ball zaghaft in einem flachen Bogen zurück, bereute im nächsten Augenblick, daß er nicht kühner geworfen hatte, denn die anderen entschieden für „gleichgültig", und wartete dann darauf, daß Sandra an die Reihe kam, den Ball zurückzuwerfen. Während der Zeit, in der Daniel zurückwarf, paßte er nicht auf. Vielleicht konnte er Sandra das Wasserrad zeigen, das er gebaut hatte, und seinen Geheimort auf dem Speicher der Ziegelei hinter dem Bahndamm. Er lehnte den Kopf zurück, hielt sein Gesicht in die Sonne, fühlte die Wärme der Hauswand in seinem Nacken und lächelte.

Dann war die Reihe an Sandra. Christian straffte sich. Er spürte das Blut in seinem Hals schlagen und sah Sandras Gesicht von der Seite. Sie warf sehr rasch zurück, als brauche sie nicht nachzudenken. Sie warf „gleichgültig", als Tobias „Daniel!" rief, und Christian war beruhigt, was Sandra und Daniel betraf.

„Christian!" rief Tobias dann.

Christian wartete atemlos ab. Das Armband lag feucht in seiner Handfläche, vier isolierte Telefondrähte, zwei schwarze, zwei rote, verschlungen zu einem Geflecht.

Christians Freude wuchs mit dem Gebrüll der andern, rieselte durch seine Adern, betäubte ihn mit jähem Glück. Er wunderte sich, daß Sandra ihn nicht ansah, glaubte, sie schäme sich vor den andern, wie er selbst es tat, wünschte, er wäre allein mit ihr an seinem Geheimort auf dem Speicher der Ziegelei. Dort war man geborgen in Staub und Gebälk und sah aus der Luke hinab auf Stapel roter Ziegel, die in der Sonne glühten. Er dachte auch an das Baggerloch, an die schimmernde, warme, lehmgelbe Böschung, wo Libellen schwirrten und an das laue, blakige Wasser, in dem er alte Münzen gefunden hatte. Vielleicht mochte Sandra Münzen und Muscheln, und er konnte ihr erzählen von seiner Höhle in Gersweiler und von Spitz, den er damals gehabt hatte. Er würde ihr das Armband, das er selbst gemacht hatte, schenken, sobald sie allein waren, sie würden sich küssen und würden sich verschwören gegen alle andern. Die andern waren überflüssig. Nur Sandra und er zählten noch.

Als er an der Reihe war, zu werfen und Sandras Name fiel, warf er den Ball, so hoch er konnte, in einem jähen Taumel von Glück und Stolz. Während die andern brüllten, suchte er Sandras Blick.

In diesem Augenblick öffnete sich die Haustür neben ihnen, Frau Lambert erschien und fuhr mit einem Schwall von Schimpfworten unter sie. Die Bande zerstob. Trotz der allgemeinen Verwirrung blieb Christian besonnen genug, in die gleiche Richtung zu laufen wie Sandra. Sie liefen nebeneinander die Straße hinauf, Frau Lamberts Gekeife im Rücken: „So ein Lärm! Jeden Tag vor unserm Fenster! Na wartet, wenn ich euch erwische!..."

Christian lief gleichmäßig und schnell neben Sandra her. Er bewunderte Sandra, wie sie lief, fühlte sich selbst leicht und kräftig und hätte stundenlang so laufen mögen in der warmen Nachmittagsluft, die weich seinen Nacken, seine Knie und seine Arme umfloß, die Erde unter sich wegstoßend, federnden Schritts, Sandras glühendes Gesicht neben sich. Frau Lamberts Stimme war bereits weit weg, unten am Ende der Straße. Er ergriff Sandras Hand und schwenkte mit ihr in den Torweg von Nummer siebenundfünfzig ein, wo sie wohnten. „Komm! Auf die Garagen!“ rief er ihr zu.

Sie liefen durch das Dunkel des Torwegs, über den Hof, die eiserne Treppe hinauf auf das flache Garagendach, wo die Wäscheleinen hingen. Noch atemlos vom Laufen setzten sie sich auf die Abschlußmauer, von wo aus man in die Nachbarhöfe sah. Frau Tegtmeyer rollte Teppiche zusammen und trug sie ins Haus, bei Noltes im Hof stand ein Lkw, von dem Bretter abgeladen wurden. Sandra hatte Christians Hand losgelassen. Sie zog ihren Rock über die Knie und sah dem Mann zu, der die Bretter ablud. Der Mann warf die Bretter auf die Erde, sie knallten mit kurzem, scharfem Schlag aufeinander. Christian sah Sandra von der Seite an. Jetzt war er mit ihr allein. Und doch – es war so seltsam.

„Ob die sich beschwert?“ fragte Sandra.

„Wie? Ach so“, sagte Christian. „Nein, ich glaub nicht. Dich kennt sie ja nicht. Und wir sind Kunden in Lamberts Wäscherei.“

„Gut, sehr gut“, sagte Sandra und schnaufte dabei durch die Nase.

„Mein Vater würde ihr schon Bescheid sagen, der blöden Ziege", sagte Christian. Er dachte nach. Frau Lambert hatte nichts mit dem zu tun, was er Sandra sagen wollte. Aber er wußte nichts Besseres zu sagen.

Da fiel ihm das Armband ein. Ja, jetzt war die Gelegenheit gekommen, es Sandra zu geben. Er zog die Beine hoch und legte sich mit dem Rücken auf die Mauer, den Kopf Sandra zugekehrt, nahm das Armband aus der Tasche und überlegte, mit welchen Worten er es ihr geben konnte. Ihm fiel nichts ein. Es war, als hätte er alles, was er sich zu sagen vorgenommen hatte, vergessen. Er hielt das Armband in der Hand, betrachtete es mit gerunzelter Stirn, öffnete und schloß es spielerisch, fühlte die Glätte und Geschmeidigkeit der Drähte, dachte, daß ihre Farben, Rot und Schwarz gut zueinander paßten.

Vor Noltes Schreinerei knallten die Bretter aufeinander. Christian bewegte unruhig den Kopf. Der Mann, der die Bretter ablud, der ganze Ort hatte nichts mit Sandra und ihm zu tun. Wenn sie jetzt doch an seinem Geheimort in der Ziegelei oder im Baggerloch wären...! Aber vielleicht wäre es dort genauso.

In diesem Augenblick sah Sandra ihn an, erblickte das Armband in seiner Hand und sagte: „Ach, hast du das in der Sternstraße gekauft?"

Gekauft. Sie sagte das mit sachlichem Interesse, so wie Christian einen Klassenkameraden gefragt hätte, an dessen Fahrrad er eine neue Gangschaltung entdeckte. Einen Augenblick lang sah er das Schaufenster des Kunstgewerbeladens in der Sternstraße vor sich, in dem zwischen bemalten Kacheln, Blumenaquarellen und geschnitzten

8 4831-14

Hasen und Rehen auch aus farbigem Draht hergestellte Dinge lagen: Untersetzer, Gürtel, Armbänder, die irgend jemand für Geld fabriziert hatte.

„Nein“, sagte er mühsam, „das habe ich selbst gemacht.“

„Meine Schwester kann auch so was machen“, sagte Sandra.

Christian gab keine Antwort. Er steckte das Armband in die Tasche und richtete sich auf. Die Sonne stand jetzt tief über den Häusern, die Höfe lagen im Schatten. Was war nur los mit Sandra? Erst bei „Liebe-Haß“ – und jetzt? Er wartete, daß sie etwas sagen würde. Aber sie sagte nichts. Sie wartete, daß er etwas sagte. Sie sah ihn fragend an, er kaute auf seinen Lippen und sah vor sich hin. Endlich sagte er, ohne den Kopf zu heben, so, daß es möglichst unbeteiligt klang: „Du, hast du das vorhin wirklich so gemeint?“

„Was?“ fragte Sandra.

„Bei ‚Liebe-Haß‘“, sagte er, „als du bei mir hochgeworfen hast.“ Sandra sah ihn interessiert und neugierig an.

„Nein“, sagte sie und schüttelte den Kopf, „ich hab nur so geworfen, wie's gerade kam. Da wär ich doch schön dumm, wenn ich verliebt wäre und ließe das die andern merken.“ Immer noch sah sie Christian an, neugierig und befremdet. „Hast *du* das denn so gemeint?“

Christian drehte das Gesicht weg. Er sah in den Hof der Schreinerei. „Nein“, sagte er.

Der Mann auf dem Lastwagen warf das letzte Brett auf den Boden. Der Knall hallte wider in den Höfen, der Wagen fuhr durch den Torweg hinaus auf die Bülowstraße. Der Hof der Schreinerei war leer.

„Ich mag ‚Liebe-Haß' nicht", sagte Sandra. „Es ist ein dummes Spiel."

„Ja", pflichtete Christian ihr bei, „es ist ein dummes Spiel." Er wünschte sich, allein zu sein, auf dem Speicher der Ziegelei in der Luke zu sitzen und auf die rotflimmernden Ziegel zu sehen oder am Fuß der Lehmböschung in der Sonne zu liegen, wo kein Mensch war und wo er keinen brauchte. Warum ging Sandra nicht! Er trommelte mit den Absätzen gegen die Mauer: Sie sollte gehen! Sie saß neben ihm, ganz nah und doch so weit weg von ihm.

„Ich geh jetzt zu Ingrid", sagte Sandra nach einer Weile. „Rollschuh laufen. Tschüs!"

„Tschüs", sagte Christian.

Sandra lief die Treppe hinunter, er hörte ihre Schritte, als sie über den Hof und durch den Torweg ging.

Er nahm das Armband aus der Tasche, sah es an und begann, es aufzulösen. Langsam, mit zusammengepreßten Lippen, löste er Masche für Masche. Das Mauerwerk unter ihm kühlte nach und nach aus, die Schatten wuchsen violett in den Höfen, es roch nach Müll und Sägespänen. Warum hatte er das Armband gemacht? Warum hatte er es Sandra schenken wollen? Warum lag er hier? Er löste das Armband auf bis zum Ende, strich die Drähte glatt und hielt sie in der Hand.

Dann hörte er im Nachbarhof am Fuß der Mauer Schritte. Es waren Tobias und Ente. Tobias sah die Drähte in Christians Hand und rief: „Ist das Isolierdraht? Du, den kann ich brauchen für meinen Akku. Gibst du mir den? Ich geb dir Briefmarken dafür."

„Da", sagte Christian. Er öffnete die Hand und ließ die

Drähte in den Hof fallen. Tobias und Ente bückten sich danach.

„Prima!" freute sich Tobias.

„Da kann man Armbänder draus machen", meinte Ente.

Christian stand auf.

„Kommst du noch rüber?" fragte Ente.

„Hab keine Lust mehr."

„Was ist denn?"

„Ach, laß mich in Ruhe!"

Ente war dick, Tobias interessierte sich nur für Autos und Daniel nur für Fußball. Wenn er wenigstens einen Bruder oder eine Schwester hätte! Es war Abend, die Sonne war weg. Was tun? Wohin gehen? Nicht in die Ziegelei, nicht zum Baggerloch, dachte er. Es ist egal, wohin ich gehe. Er stieg langsam die Treppe hinab, ging über den Hof, durch den Torweg, die Jahnstraße hinunter, durch die Sommerstraße, die Jenssenstraße, dann kam er in Straßen, deren Namen er nicht kannte. – Es war etwas in der Welt, das er nicht verstand.

Ute Bauer

Mona, mi amor...

„Mona, komm doch bitte mal her."

Mona konnte sich schon denken, was jetzt wieder bevorstand, und antwortete deshalb nur mit einem gedehnten „Ja, gleich".

Frau Burkhardt war am Nachmittag in der Stadt gewesen zu einem Einkaufsbummel. Und wie Mona ihre Mutter kannte, hatte sie sicherlich wieder irgend so einen teuren, biederen Firlefanz für das Töchterlein mitgebracht, den sie ihr jetzt zeigen wollte. Mona ließ sich Zeit. Auf dem Tisch in ihrem Zimmer lagen eine Jeans und eine Schere. Sie ging ins Bad und holte Nagellack, denn sie hatte sich vorgenommen, ihre neuen Jeans erst einmal aufzupeppen, was sie zum Leidwesen ihrer Eltern immer tat. Dieses Aufpeppen bestand darin, daß sie nach Gutdünken Nagellack über den Jeansstoff verkleckste und die Hosenbeine aufritzte. Erst als Mona mit ihrem Werk einigermaßen zufrieden war, ging sie gelangweilt die Treppe hinunter ins Wohnzimmer.

Ganz wie erwartet, hielt ihr die Mutter schon von weitem ein Kleid entgegen: blau mit gelben und weißen Blumen, weiter Rock, Puffärmel.

„Schau, wie gefällt dir das? Du könntest es nächsten Samstag anziehen, zu der Einladung im Golfclub."

Mona wollte sich schon wortlos wieder umdrehen, beherrschte sich aber und meinte nur: „Hm, laß mal sehen." Sie hielt sich das Kleid vor und schaute an sich hinunter. Gräßlich, dachte sie und sagte: „Wo hast du denn das wieder gefunden?" Sie legte das Kleid über den Sessel. „Ich will es nicht."

„Aber Mona", versuchte ihre Mutter sie zu beschwichtigen, doch Mona war schon wieder hinausgegangen.

Es war immer wieder dasselbe. Ihre Mutter konnte es einfach nicht lassen. Noch bis vor einem Jahr hatte sie sich dieser Bevormundung gebeugt und war deshalb in ihrer Klasse als verwöhntes Mamakind geneckt worden. Doch das hatte sich inzwischen gründlich geändert. Selbstbewußt und ungeniert trug sie, was ihr gerade gefiel. Meistens waren es hautenge Jeans, lässige Pullover oder schlabbrige Hemden. Dazu färbte sie sich gelegentlich Strähnen in ihr langes Haar, das ihr in natürlichen Locken über die Schultern fiel, und lackierte sich die Fingernägel knallbunt. Im Pausenhof war sie ständig umringt von den Jungen aus den oberen Klassen, die sich eifrig um ihre Gunst bemühten.

„Schaut nur, da kommt ja unser hübsches Angelface!" Rainer, der größte Angeber in der Schule, hatte es ganz besonders auf Mona abgesehen.

Dabei konnte sie ihn nun wirklich nicht ausstehen. Außer daß seine Eltern reich waren, hatte er in ihren Augen nichts zu bieten. Weder Witz noch Grips, und von Einfallsreichtum keine Spur. Auf ihre schnippischen Seitenhiebe wußte er nie eine Antwort. Und die anderen Jungen lachten und freuten sich über Monas Schlagfertigkeit. Endlich eine, die Rainer in die Schranken verwies!

Den Namen Burkhardt kannte in der Stadt fast jeder. Schließlich prangte draußen an der Schnellstraße an einem langgezogenen Fabrikgebäude unübersehbar der Schriftzug „Burkhardt & Sohn“, und jeden Morgen gab es an der Abfahrt zum Werktor eins den üblichen Stau. Darüber hinaus war Herr Burkhardt lange Zeit im Stadtrat gewesen und hatte als Arbeitgeber unmißverständlich seine Standpunkte vertreten. Mit viel Fleiß, Ausdauer und einer gehörigen Portion Glück hatte er seine Firma aufgebaut. Von Geschäftspartnern, die bei ihm einsteigen wollten, hatte er nie etwas gehalten. Lieber schuftete er Tag und Nacht. „Die wollen doch alle nur absahnen“, hatte er seiner Frau immer wieder erklärt, wenn sie ihm in rosigen Farben klarzumachen versuchte, wie schön es doch wäre, wenn er mehr Zeit für sich und seine Familie hätte. „Warte nur ab, wenn Maximilian erst einmal groß ist. Er ist ein tüchtiger Junge.“ Maximilian war mittlerweile fast dreißig und Monas älterer Bruder.

Herr Burkhardt hatte recht behalten. Jetzt konnten die Burkhardts ihr Leben unbeschwert genießen. Vor allem Mona profitierte davon. Sie war mit ihren knapp fünfzehn

Jahren mit reichlich Taschengeld ausgestattet und entsprechend verwöhnt.

Eines Abends, Familie Burkhardt saß gerade beim Abendessen, räusperte sich Maximilian, legte geziert sein Fischbesteck aus der Hand und beugte sich zu Frau Burkhardt neben sich: „Mutter, entsinne ich mich recht, daß du eine liebe alte Schulkameradin hast, die nach Mexiko geheiratet hat?"

„Hm, ja, sicher, du meinst Lisa, nicht wahr? Wieso fragst du?"

„Ach, nur so, völlig belanglos." Maximilian stocherte wieder in seinem Essen herum.

„Du und belanglos. Das kaufe ich dir nicht ab. Komm, sag schon, weshalb fragst du?"

„Na gut. Also folgendes." Maximilian räusperte sich erneut, setzte eine wichtige Miene auf und schaute gönnerhaft in die Runde. Dann berichtete er ohne große Umschweife über die Möglichkeit, daß Vater für drei Monate in Mexiko eine beraterische Tätigkeit übernehmen könnte, um die ein Kunde ihn, Maximilian, gebeten hatte. Und nachdem Mutter eine liebe alte Schulfreundin dort habe, läge es doch nahe, daß sie Vater begleiten würde. „Auch Mona könnte mitkommen, sofern ihr das für richtig haltet." Obwohl es Mona betraf, sah Maximilian die Schwester nicht einmal an. Aber das war Mona im Grunde ganz recht. Seinen gönnerhaften Gesichtsausdruck konnte sie sowieso nicht ausstehen.

„Das will alles gut durchdacht sein, mein Sohn. Wann sollte denn deiner Meinung nach das Ganze stattfinden?" fragte Herr Burkhardt.

Es zeigte sich, daß Maximilian ziemlich eigenmächtig bereits alles wohl überlegt und organisiert hatte, als er die Einzelheiten schilderte: „... Eine Schulbefreiung für Mona wäre kein Problem, vorausgesetzt, sie erhält während dieser drei Monate Unterricht durch einen Hauslehrer. Ihr würdet Mitte Februar fliegen. Das ist eine gute Jahreszeit für Mexiko City, milde Temperaturen, alles hübsch grün. Und solange ihr noch hier seid, käme eine Spanischlehrerin zweimal die Woche für einen Intensivsprachkurs ins Haus, damit ihr euch mit der Verständigung später leichter tut."

Frau Burkhardt war gerührt. Der gute Maximilian, er dachte doch wirklich an alles! Herr Burkhardt allerdings betrachtete den Vorschlag wesentlich weniger enthusiastisch: „Nun, da werden wir wohl erst einmal gründlich beratschlagen müssen. Außerdem, was mich betrifft, würde ich als erstes gerne genau wissen, was ich mir unter einer ‚beraterischen Tätigkeit' vorzustellen habe. Für heute wollen wir das Thema jedenfalls beenden und das Abendessen auch." Er stand auf. Ab und zu hatte er durchaus das Verlangen, seinem Sohn die Flügel der Eigenmächtigkeit ein wenig zu stutzen. Noch war er der Herr im Hause und gedachte auch, es noch ein paar Jahre zu bleiben. Trotzdem: Die Idee als solche gefiel ihm, aber das hatte er Maximilian nicht gleich sagen wollen.

Die Reisevorbereitungen waren in vollem Gange, Koffer füllten sich, Pässe, Flugtickets, Reise- und Sprachführer lagen bereit. Alles lief wie am Schnürchen, dafür hatte Maximilian gesorgt.

Nur Frau Burkhardt mit ihrer übertriebenen Ängstlichkeit geriet immer wieder in Panikstimmung. „So weit weg, und das für so lange!“ jammerte sie. „Wenn das mal gutgeht! Es sollen ja teilweise chaotische Zustände dort herrschen. Und diese Armut überall! Mona, versprich mir, daß du dich vor diesen, hm, nun, du weißt schon, daß du dich gehörig in acht nimmst, mein Kind!“

Erst als von ihrer Freundin Lisa ein begeisterter Brief kam, wie sehr man sich über ein Wiedersehen nach all den Jahren freue, wurde Frau Burkhardt zuversichtlicher. Lisa beschrieb in schillernden Farben die Pracht, den Luxus und vor allem die Ruhe auf der *Hacienda. „Hier werden wir ganz unter uns sein. Ihr müßt“* (das war zweimal dick unterstrichen) *„unsere Gäste sein und hier wohnen. Die ‚Hacienda‘ liegt nur eine gute Autostunde außerhalb der Stadt und doch weit genug draußen, um von der Hektik und der schmutzigen Luft in Mexiko City verschont zu sein.“*

Was für Frau Burkhardt beruhigend wirkte, war für Mona eher beunruhigend. Ihre Aufmerksamkeit war an dem Satz *„Hier werden wir ganz unter uns sein“* hängengeblieben. Wollte man sie drei Monate lang in einen goldenen Käfig sperren, mit Hauslehrer, geziertem Benehmen und ständiger Aufsicht? Monas anfängliche Begeisterung für die bevorstehende Reise kühlte merklich ab. Daran änderte auch die ausführliche Beschreibung all der zu erwartenden Annehmlichkeiten nichts, wie etwa Golfplatz, Swimmingpool, Reitstall oder die lauen Abende unter Palmen. *„Ihr habt die beste Jahreszeit gewählt“*, hieß es weiter in dem Brief. *„Laßt Euch überraschen. Wir wer-*

den Euch am Flughafen abholen. Überlaßt alles weitere uns.“

An einem grauen, nebelverhangenen Novembertag war es dann endlich soweit. Beim Abschied von Maximilian hatte Mutter vor Rührung geheult, Vater hatte ihm anerkennend auf die Schulter geklopft. Mona beließ es lieber bei einem höflichen Händeschütteln. Da hatte er ihr was Schönes eingebrockt! Jetzt saßen sie im Flugzeug und machten es sich bequem. Zwölf Stunden reine Flugzeit, abgesehen von dem Zeitunterschied von sechs Stunden. Sie würden um Mitternacht in Mexiko City ankommen. Hoffentlich war Lisa zuverlässig!

Lisa war zuverlässig. „*Bienvenido,* willkommen in Mexiko! Ramón hat es sich nicht nehmen lassen, euch persönlich zur *Hacienda* zu chauffieren, statt den Fahrer zu schicken. Gäste wie ihr kommen schließlich nicht alle Tage, oder in diesem Fall besser gesagt, alle Nächte. Darf ich bekanntmachen: Ramón, mein Mann.“ Ohne lange zu fragen, nahm Lisa – und nach ihr dann auch Ramón – die drei Burkhardts der Reihe nach in den Arm und drückte jedem rechts und links ein Küßchen auf die Wange. „Das ist hier so Brauch unter Freunden, da werdet ihr euch daran gewöhnen müssen“, sagte sie lachend.

Wie verschieden doch Lisa und meine Mutter sind, dachte Mona, und die zwei wollen Schulfreundinnen gewesen sein? Fast nicht vorstellbar.

Ein Dienstmädchen mit weißem Häubchen auf dem kohlschwarzen, kurzgeschnittenen Haar führte Mona auf ihr

Zimmer, quer durch die hohe Halle und eine breite Treppe hinauf. „*Aquí está.*“ Das Hausmädchen öffnete eine schwere, geschnitzte Rundbogentür und ließ Mona eintreten.

Mona verharrte einen Augenblick, ungläubig und staunend. Das war mehr als nur ein Zimmer, das war geradezu ein Rittersaal. Und das alles ganz für sie allein! Hier ließ es sich aushalten! Ein breites Himmelbett beherrschte das Zimmer, dicke Teppiche lagen auf dem dunkelbraunen, polierten Fliesenboden, auf dem Tisch vor der Sitzgruppe stand eine Vase mit frischen Blumen. Neben dem wuchtigen Schrank entdeckte sie ihre Koffer. „*Todo bien?*“ fragte das Mädchen vorsichtig.

„*Gracias.* Danke!“ Mona lächelte. Hier würde sie sich sicherlich wohl fühlen. Trotz der langen Reise war sie plötzlich hellwach und aufgekratzt und begann, ihr neues Reich zu erkunden, zu dem auch ein eigenes Bad mit bemalten Kacheln in zartem Rosa gehörte. Sehr zu ihrem Erstaunen entdeckte sie im Verlauf ihrer Erkundungen sogar einen Fernseher, nachdem sie alle Schranktüren und Schubladen der Reihe nach neugierig geöffnet hatte. Auch der Schreibtisch mit dem lederbezogenen Stuhl davor barg eine Überraschung: Er hatte ein Geheimfach, das sie mehr durch Zufall entdeckt hatte. Herrlich! Das war wie geschaffen als Versteck für ihr Tagebuch und auch für die Briefe, die sie von ihren Freunden bekommen würde!

Eine wohlige Müdigkeit überkam sie. Das leise Plätschern eines Baches und der Gesang der Zikaden wiegten sie in den Schlaf.

Als sie aufwachte, fand sie auf dem Kästchen neben

dem Bett ein Glas frisch gepreßten Orangensaft. Sie räkelte sich, wischte sich den Schlaf aus den Augen und sah sich um. Ihr Blick fiel auf ein Tablett auf dem Tisch. Ihr Frühstück? Es sah so aus. Sie hatte keine Ahnung, wie lange sie geschlafen haben mochte. Sicherlich war es schon später Vormittag, jedenfalls hatte sie mächtig Hunger und setzte sich an den Tisch. Sie hatte das Gefühl, als hätte ihr eine gute Fee die Tür zum Paradies aufgemacht. Ihre Neugier, dieses Paradies bei Tageslicht zu erkunden, wuchs.

„Guten Morgen, Mona. Hast du auch so gut geschlafen?" Ihre Eltern saßen bereits angeregt plaudernd mit Lisa auf der Terrasse.

„O ja. Ich weiß gar nicht, wie das Frühstück unbemerkt in mein Zimmer gekommen ist! Jedenfalls habe ich es mir schmecken lassen. Vor allem die herrlichen Früchte! Ich habe zwar keine Ahnung, was das alles war, aber es schmeckte jedenfalls köstlich!"

„Nun, davon kannst du gerne essen, soviel du willst. Das ist hier in der Gegend nichts Besonderes. Sieh dich nur um, und du wirst merken, wie reich die *Hacienda* mit exotischen Früchten aller Art gesegnet ist: Aguacates Mangos, Moras, Feigen, frisch vom Baum. Moras, das glaube ich, sind auf deutsch Maulbeeren, schmecken wie eine Mischung aus Himbeeren und Brombeeren, einfach köstlich. Laß dich überraschen!"

Lisa hatte eine erfrischende, unkomplizierte Art, fand Mona. Mit ihr würde sie bestimmt gut auskommen. „Wo ist denn Don Ramón?"

„Im Büro. Er bespricht mit Miguel, unserem Gutsverwalter, die Tagesarbeit für morgen. Er wird sicherlich gleich hiersein."

„Hallo, Mona, wie gett es dirr?" ertönte da auch schon Ramóns Stimme.

„Oh, danke, ausgezeichnet!" Mona war verblüfft, daß Ramón Deutsch sprach, und fand seinen Akzent amüsant.

„Sei auf der Hut, Mona, Ramón ist ein Charmeur! Das fängt schon damit an, daß er Deutsch nicht erst von mir gelernt hat!" Lisa schaute dabei Ramón verschmitzt an, der an den Tisch getreten war und ihr einen zarten Kuß auf die Stirn gab.

Ein stattlicher Mann, vermutlich auch nicht ganz unsportlich, dachte sich Mona. Schön wär's, wenn alle so wie Ramón aussähen.

Die ersten Wochen vergingen wie im Flug. Die herzliche Gastfreundschaft, mit der die Burkhardts hier aufgenommen wurden, machte ihnen das Einleben äußerst leicht. Für alles war gesorgt. Mona hatte als erstes die *Hacienda* durchstreift, den Hauslehrer kennengelernt, mit ihrer Mutter reichlich Tennis gespielt, war in Begleitung eines erfahrenen Stallburschen ausgeritten oder hatte Don Ramón und ihrem Vater beim Golfspielen zugesehen.

Auch das nahe gelegene Dorf hatte sie einmal erkundet, das sich mit seinen kleinen Hütten und Häusern wie eine Girlande entlang der hohen, efeubewachsenen Mauer rund um die *Hacienda* zog. Im Dorf lebten die Indios, von denen die meisten als Landarbeiter oder Bedienstete auf der *Hacienda* ihren bescheidenen Lebensunterhalt verdienten.

Nur Miguel, der Verwalter, und Patricio, der Stallbursche, wohnten nicht mehr im Dorf, sondern auf der *Hacienda*. Miguel hatte auf Grund seines Amtes aus Tradition im Verwalterhaus zu wohnen, und Patricio ... hm. Das hatte sich im Verlauf der Zeit einfach so ergeben. Patricio war der Sohn des alten Stallmeisters, der schon seit Jahrzehnten auf der *Hacienda* seine Dienste versah. Die Arbeit hatte inzwischen seinen Rücken gebeugt, und er hinkte, seit er mit einem der Pferde schwer gestürzt war. Nach seinem Sturz damals hatte er als Hilfe seinen zwölfjährigen Sohn Patricio mitgebracht, einen anstelligen, aber stillen, unaufdringlichen Jungen. Dem Patrón waren Patricios rasche Auffassungsgabe und Wißbegier bald aufgefallen. Er begann deshalb, den Jungen in seinem Lerneifer zu unterstützen, lieh ihm Bücher aus der Bibliothek und ließ ihn den Führerschein machen. Inzwischen war Patricio achtzehn Jahre. Ein Alter, in dem die anderen Burschen des Dorfes meist schon eine *novia*, eine Braut, hatten. Nicht so Patricio. Dabei brauchte er den Vergleich mit den anderen gewiß nicht zu scheuen. Mona fand Patricio attraktiv, fast so attraktiv wie Don Ramón. Selbst Monas Mutter war von seinen guten Manieren und seiner makellos sauberen Kleidung beeindruckt, als sie ihn zum ersten Mal gesehen hatte. Sie hatte es sich anfangs nicht nehmen lassen, Mona beim Reiten zuzusehen.

Lisa war natürlich auch mitgekommen, um entsprechende Anweisungen zu geben. „Und wenn ihr mit Spanisch nicht zurechtkommt, könnt ihr euch mit Patricio durchaus auch in Englisch unterhalten“, hatte sie Mona und ihrer Mutter erklärt.

„Tatsächlich? Wo hat er denn das gelernt?“ fragte Frau Burkhardt ungläubig. „Ich denke, er ist hier für die Stallarbeit zuständig!“

„Nicht nur“, meinte Lisa. „Wir wissen seine Arbeit sehr zu schätzen. Er ist ein intelligenter Junge, auch wenn er keine besondere Ausbildung hat. Mona ist in seiner Obhut bestens aufgehoben, verlaß dich darauf.“

Mona war dennoch ein wenig skeptisch. Es würde sich vermutlich bald herausstellen, ob Lisa mit ihrer Behauptung recht hatte. Doch Lisa sollte recht behalten, wie Mona sich bald eingestehen mußte.

Die langen Ausritte mit Patricio in das weite Hinterland zählten bald zu Monas bevorzugtem Zeitvertreib. Auch an diesem Tag hatten sie wieder die karge, hügelige Landschaft durchstreift, hinüber zu den blauen Bergen, und waren gerade rechtzeitig vor Einbruch der Dunkelheit zurückgekommen. Patricio hatte die Pferde versorgt und das große, schmiedeeiserne Tor verschlossen. Jetzt saßen sie schweigsam im Schein der letzten Abendsonne auf der niedrigen Mauerbrüstung, die das Stallgelände abgrenzte. Der helle Stamm der Königspalme in der Mitte des Hofes schimmerte silbern. Mona spürte, wie eine wohlige Müdigkeit in ihr hochstieg. An einem Bachlauf hatten sie Rast gemacht, und Patricio hatte ein Picknick ausgepackt, das er in den Satteltaschen mitgeführt hatte. Die Pferde hatten währenddessen friedlich gegrast und sich auch nicht durch die neugierige Ziegenherde stören lassen, die meckernd an ihnen vorbeigezogen war.

Trotz ihrer Müdigkeit konnte sich Mona noch nicht

entschließen, zum Haus zurückzugehen. Unverwandt blickte sie hinüber zu den rauhen Bergen am Horizont, hinter denen die Sonne glutrot versank. Das war kein farbenprächtiger Sonnenuntergang, wie sie ihn von zu Hause oder vom Urlaub am Meer kannte. Dafür kam hier, so nahe am Äquator, die Nacht viel zu schnell. Schwarze Schatten krochen die Hügel herauf, nur hier und da streifte noch ein letzter Lichtstrahl die eine oder andere Bergkuppe. „Was für ein weites, wildes Land...", murmelte Mona und dachte wehmütig daran, daß sie in knapp zwei Wochen wieder zu Hause sein würde.

Leise, um die Beschaulichkeit nicht zu stören, begann Patricio vom Leben der Indios in diesen Bergen zu erzählen und von seinem Vater, der dort gelebt hatte, bis er eines Tages sein karges, aber freies Leben hatte aufgeben und ins Tal ziehen müssen, weil er in einem der wütenden Herbststürme seine kleine Ziegenherde verloren hatte. Patricio erzählte von den *Barrancas*, den ausgetrockneten, mit Felsbrocken übersäten Bergeinschnitten, die sich während der Herbststürme innerhalb weniger Minuten in tosende Wildbäche verwandelten, die alles mit sich rissen, was sich nicht retten konnte. Als es nichts mehr gab, wovon sein Vater in den Bergen hätte leben können, war er, nur durch seinen Poncho aus Ziegenwolle vor Wind und Wetter geschützt, zu der *Hacienda* gekommen, wo man ihn aufgenommen hatte. Mona lauschte Patricios beruhigender Stimme, träumerisch folgte ihre Phantasie seinen Worten. Die letzte Glut der Sonne saß nur noch wie eine dünne Kappe über einem der Berggipfel. Das also war das Geheimnis dieser unwirtlichen, lebensfeindlichen Berge,

9 4831-14

zu deren Füßen sich das blühende Paradies der *Hacienda* hinbreitete. Was für Gegensätze!

Wie von einem Pfeil getroffen, fuhr Mona plötzlich aus ihren Gedanken hoch, ihr Körper straffte sich, sie sprang von der Mauer und rannte die Allee hinunter. Die Mangobäume warfen markante Schatten über das Gras, in wenigen Minuten würden sie ganz in das Dunkel der sternenklaren Nacht gehüllt sein.

Patricio schaute ihr lange nach. Vom Dorf klang *Mariachi*-Musik herüber. Seit Mona hier war, hatte sie fast jeden Tag mehrere Stunden in Patricios Gesellschaft zugebracht. Einmal waren sie auf Lisas Anregung sogar zusammen in die Stadt gefahren und hatten das Anthropologische Museum besucht. Danach waren sie über die breiten *Avenidas* und durch die engen Gassen gebummelt, in denen sich kleine Geschäfte wie die Perlen einer Kette aneinanderreihten. Frau Burkhardt hatte zwar vorsichtig Bedenken gegen diesen Vorschlag anmelden wollen, doch Lisa war nicht darauf eingegangen: „Einen besseren Fremdenführer und umsichtigeren Beschützer kannst du dir für deine Tochter gar nicht wünschen. Sei ganz beruhigt, deine Mona kommt ganz bestimmt heute abend wohlbehalten wieder zurück. Ich kenne unseren Patricio, sonst hätte ich diesen Ausflug gewiß nicht vorgeschlagen. Patricio ist mehr als nur ein zuverlässiger Stallbursche, glaub mir."

Mona hatte diesen Ausflug intensiv genossen und sprühte vor Begeisterung über Patricios fachkundige Erläuterungen. „Wenn ich nur die unaussprechlichen Namen all der aztekischen Götter behalten könnte! *Huit-*

zilopochtli, der Sonnen- und Kriegsgott, *Tlaloc*, der Regengott, oder *Xochiquetzal*, die Göttin der Blumen und der Liebe, und wie sie alle heißen." Unbemerkt ließ sich Mona immer mehr in den Bann der Geheimnisse dieses Landes ziehen.

Es war fast, als hätte sie sich mit Gewalt diesem Bann entziehen wollen, als sie vorhin von der Mauer gesprungen und fortgelaufen war. Sie hielt das einfach nicht mehr aus, diese lauen Abende mit ihren betörenden Düften, diese Ruhe, diese Weite, diese Fröhlichkeit, an der sie nicht teilhatte. Und dann vor allem Patricio, der sie wie ein guter Freund beschützte, in dessen Gegenwart sie sich so geborgen fühlte! Mona kämpfte mit den Tränen der Enttäuschung. Wenn er sie doch in all der Zeit wenigstens ein einziges Mal in den Arm oder ihre Hand in die seine genommen hätte! Wie oft hätte es dazu Gelegenheit gegeben!

Seine höflich-freundliche Zurückhaltung und sein Gleichmut begannen sie zu quälen. Immer hatte er für sie Zeit gehabt und stets auf all ihre Fragen nach Land und Leuten erschöpfende Antwort gegeben. Sie hatte es nicht mehr ausgehalten neben ihm auf der Mauer. Sie hatte fortlaufen müssen, denn sie wollte nicht, daß Patricio die aufsteigenden Tränen sah. Mitten in der Allee blieb sie stehen und lehnte sich außer Atem an einen der mächtigen Bäume. Die Zikaden sangen. Sie sehnte sich danach, seine sonnengebräunte Haut zu streicheln, ihren Kopf an seine Schulter zu lehnen. Warum nur? Noch zwei Wochen und sie würde zurück sein bei ihrer alten Clique in der Schule, bei den Jungen, die es wieder super finden würden, wenn sie in ausgefransten Jeans, einem viel zu großen Hemd und violetten Strähnen im Haar durch die Discos ziehen würde. Schon allein bei dem Gedanken daran wurde ihr übel.

Doch darüber wollte sie sich jetzt noch nicht den Kopf zerbrechen. Wenn nur Patricio... Sie wußte niemanden, mit dem sie über ihn hätte sprechen können.

Sie wischte sich die Tränen aus dem Gesicht. Nach einer Weile schlenderte sie unentschlossen weiter, quer über den Golfplatz zum Swimmingpool. Sie zog sich aus und legte ihre Kleider zu den ordentlich aufgestapelten Liegestühlen. Sie wollte ein paar Längen schwimmen. Inzwischen war es dunkel geworden, niemand würde sie sehen. Und wenn, dann wäre ihr das auch egal. Sie stand an der Treppe, die Hände am Geländer und spielte mit dem Fuß im Wasser, bevor sie sich langsam hineingleiten ließ. Es trug noch die Sonnenwärme des Tages. Ein wohliges Gefühl der Schwerelosigkeit überkam sie, über ihr der südliche Sternenhimmel, in den die ausladenden Kronen der Königspalmen hineinragten. Nur der unermüdliche Gesang der Zikaden war zu hören. Mona schloß die Augen und ließ sich treiben. Bilder der vergangenen Wochen wurden in ihr wach. Sollte das alles nur ein Traum gewesen sein?

Die wenigen noch verbleibenden Tage bis zur Heimreise zwang sich Mona, den Stallungen fernzubleiben. Sie wollte ein Zusammentreffen mit Patricio unbedingt vermeiden. Es fiel ihr nicht leicht. Doch was hätte sie ihm sagen sollen, wie ihm erklären, weshalb sie neulich so unvermittelt davongerannt war? Die Zeit bis zum Rückflug schien ihr auf einmal unerträglich langsam dahinzuschleichen.

Doch dann war es soweit.

Die Fahrt zum Flughafen verlief ziemlich schweigsam. Patricio hatte die Aufgabe des Chauffeurs übernommen, nachdem sich Don Ramón am Abend zuvor den Knöchel verstaucht hatte. „Ausgerechnet heute", hatte er geschimpft und sich unendliche Male für sein Ungeschick entschuldigt. „Doch ich bin sicher, Lisa wird mich würdig vertreten beim Abschiedsküßchen." Es tat ihm sichtlich leid, daß er nicht selbst fahren konnte.

In der Stadt war es dunstig, die Luft war schmutzgrau. „So ist es hier öfters, aber die Leute gewöhnen sich daran. Bei klarem Wetter kann man von hier aus sogar den *Popocatépetl* und die *Ixtaccíhuatl* sehen", sagte Lisa nachdenklich, als sich vor ihnen plötzlich der Blick auf Mexiko City öffnete.

„Wen bitte?" fragte Frau Burkhardt.

„Den *Popo* und die *Ixta*, wie die Einheimischen ihre beiden Hausberge, die zwei schneebedeckten Vulkane, nennen." Entgegen ihrer sonstigen Gewohnheit war an diesem Tag selbst Lisa nicht sonderlich gesprächig.

„Wann sehe ich euch wieder?" rief Lisa Vater und Mutter Burkhardt nach, als sich diese zielstrebig zur Paßkontrolle begaben.

Mona blieb noch einen Augenblick stehen und kramte in der Handtasche. Sie suchte ihren Paß. Gott sei Dank, da ist er ja! Ich dachte schon, ich hätte ihn auf der Kommode liegenlassen. Sie schaute erleichtert auf... geradewegs in Patricios große, dunkle Augen.

Zärtlich ruhte sein Blick auf ihrem Gesicht. Sanft strich er ihr eine goldblonde Locke aus der Stirn. „Mona, *mi amor...*“, flüsterte er, und in seiner Stimme lag Ruhe und Zuversicht.

Monas Herz pochte plötzlich, sie klammerte sich an ihre Handtasche. Für einen Augenblick vergaß sie die Welt und alles, was um sie herum war. Sie sah Patricio ungläubig an.

„Mona, wo bleibst du denn?“ rief ihre Mutter.

Keine Zeit zum Träumen. Sie gab Patricio einen flüchtigen Kuß, machte auf dem Absatz kehrt und lief davon, vorbei an dem Zollbeamten, der mit gespielt strenger Stimme hinter ihr herrief: *„Señorita, su pasaporte!“*

Sie hatte vergessen, ihren Paß vorzuzeigen. „Entschuldigung. *Perdón*“, murmelte Mona verlegen.

Der Zollbeamte nickte ihr verständnisinnig zu, so als wollte er sagen: Schon gut, schon gut, ich verstehe dich ja. Mona war ihm dankbar dafür.

Wieder zu Hause, pflegte man mit Lisa und Don Ramón eifrigen Briefkontakt. Die Zeit verflog, ohne daß Mona wieder zu ihren alten Gewohnheiten mit Discobesuchen und Partys zurückgefunden hätte. In ihrer Klasse hatte man sie voll neugieriger Erwartung begrüßt.

Es hatte sich kaum etwas verändert. Doch Mona konnte oder wollte diese oberflächlichen Vergnügungen nicht mehr so recht teilen. Mit Eifer widmete sie sich statt dessen der Schule und den Hausaufgaben. Vater und Mutter waren darüber hoch erfreut. Wenn mal wieder ein Brief aus Mexiko gekommen war, dann las ihn Herr Burkhardt beim Abendessen laut vor. Es waren vornehmlich höfliche, stets wiederkehrende Floskeln, die Mona schon kannte, und sie hörte deshalb kaum mehr zu.

Wieder einmal war ein Brief gekommen, und wieder einmal las Herr Burkhardt ihn vor: „*... hat zwei hervorragende Turnierpferde für uns in Deutschland gekauft, die in den nächsten Wochen abgeholt werden ...*"

Mona hörte nur mit halbem Ohr hin.

„*Patricio wird sie auf dem Flug nach Mexiko begleiten*", hieß es weiter. „*Nun wollten wir Euch bitten, ob Ihr den Jungen für ein paar Tage bei Euch aufnehmen könntet, bis die Transportvorbereitungen für den Flug und die Formalitäten zum Abschluß gebracht sind.*"

„Lies das bitte noch mal, ich habe gerade nicht richtig zugehört", bat Mona.

Herr Burkhardt las den Absatz noch einmal: „*... Patricio wird sie auf dem Flug nach Mexiko begleiten. Nun wollten wir Euch bitten, ob Ihr den Jungen für ein paar Tage bei Euch aufnehmen könntet ...*"

Mona versuchte, einen möglichst unbeteiligten Eindruck zu machen und hörte weiter zu. Dann verabschiedete sie sich höflich mit einem „Gute Nacht, ich muß mir noch einmal die Vokabeln für morgen durchlesen".

Kaum war sie außer Sichtweite, rannte sie in ihr Zimmer. Patricio würde kommen, sie würde Patricio wiedersehen! Tränen liefen über ihr Gesicht. Dieses Mal waren es Freudentränen.

Ursula Isbel

Wiedersehen mit Danny

Ich glaube, Tante Inga war die einzige, die erriet, daß ich Liebeskummer hatte. Deshalb schenkte sie mir zu meinem sechzehnten Geburtstag wohl auch das Wochenende in London. Vielleicht ahnte sie, wie sehr mir zu Hause die Decke auf den Kopf fiel, von der Schule gar nicht zu reden. Denn in der Schule war Christoph …

Als wir auf dem Flughafen von Heathrow landeten, war es schon dunkel und ziemlich regnerisch. Richtiges Londoner Wetter … Doch tausendmal besser als Göttingen im Sonnenschein, dachte ich. Nur einen Augenblick waren wir unter freiem Himmel. Dann wurden wir in die Halle gebracht. Ich wartete auf meine Reisetasche und machte mich auf den Weg zum Ausgang, um den Bus zum Hotel zu suchen.

Die Halle war voller Menschen – Geschäftsleute hauptsächlich, mit Aktenkoffern und wichtigen Mienen. Vorsichtig bahnte ich mir einen Weg durch die Menge. Ich fühlte mich wie in einer anderen Welt, aber gerade das tat mir gut. Niemand, der mich kannte ...

Vor mir tat sich die Schwingtür auf, und eine Gruppe junger Leute strömte in die Halle. Sie sprachen Deutsch.

Ich blieb stehen, um sie vorbeizulassen. Ein Junge mit blonden Haaren starrte mich an. Schon wollte ich wegsehen; nach der Sache mit Christoph war mir nicht nach Augenkontakt zumute. Doch er hatte eine sternförmige Narbe auf der Stirn, die etwas in mir wachrief, das ich längst vergessen hatte.

Unsere Blicke trafen sich. Sekundenlang lief eine Art Film vor meinem geistigen Auge ab: Szenen aus meiner Kindheit. Ich sah einen Drachen, der hoch oben in der Linde in unserem Garten hing, und einen blonden Jungen, der hinaufkletterte, um ihn für mich zu holen.

„Danny!" sagte ich unwillkürlich laut.

Der blonde Junge nickte lachend. Er war es wirklich! Es war so lange her ... Wir hatten unsere Kindheit zusammen verbracht, bis Danny vor sieben Jahren mit seinen Eltern in eine andere Stadt gezogen war.

„Maulwurf!" So hatte nur er mich immer genannt. Er stellte seinen Koffer ab. „Herrje, das gibt's doch nicht!" Und ehe ich mich's versah, hielten wir uns in den Armen.

Einen Moment lang war ich glücklich. Ich fühlte mich plötzlich wieder wie damals in unserem Garten, als wir noch Kinder waren. Dann musterten wir uns prüfend.

„Buddelst du noch immer so gern in der Erde, Maulwurf?" fragte er.

Und ich schüttelte lachend den Kopf und sagte: „Nicht

mehr, Danny! Seltsam – ich hab dich an der Narbe erkannt."

„Heute würde ich für kein Mädchen mehr auf einen Baum klettern und mir ihretwegen ein Loch im Kopf holen", sagte er. „So verliebt könnte ich nicht mehr sein."

„Du warst nicht verliebt", widersprach ich. „Wir waren Freunde, und ich hab mich für dich mit Klaus Berger geprügelt, weil er Lügen über dich verbreitete."

Jemand rief: „Danny, kommst du endlich?"

Hastig sagte er: „Ich muß weg. Wohnst du noch in Göttingen?"

„Ja", erwiderte ich ebenso rasch. „Und du?"

„Ich fliege jetzt nach München zurück. Wir müssen uns wiedersehen, Kristina." Jetzt nannte er mich nicht mehr Maulwurf.

Wir tauschten unsere Telefonnummern aus, und Danny fuhr mir rasch mit den Fingern durchs Haar, wie er es früher oft gemacht hatte. Dann nahm er seinen Koffer und ging.

Ich sah ihm nach. Er drehte sich noch einmal um und winkte, ehe er in der Menge verschwand.

Eva Korhammer

Sechs Wochen Ewigkeit

Zehn Schritte mißt der schmale sandige Streifen zwischen Bahndamm und Würstchenbude. Drei Schritte bis zur Bude, vier entlang der hölzernen Rückwand, noch mal drei, damit man um die Ecke lugen und den Tresen beobachten konnte. Zwanzigmal hat Bert die Strecke sicher schon zurückgelegt, seit er zum Treffpunkt gekommen ist, fünf Minuten vor der Zeit.

Birsen käme gegen zwölf, hat Kathrin wiederholt. Und die Bude im Auge behalten sollte er, ohne sich selbst blikken zu lassen! Ausgerechnet die Würstchenbude, wo Birsen nie Schweinefleisch aß! „Eben darum!" hat Kathrin gekichert und ist mit den anderen abgezogen, in „Mario's Eisdiele".

Da hockten sie wohl immer noch, Kathrin und Michi und Torsten und Sanne und die ganze Truppe. Seit elf, seit die Penne dichtgemacht hat, für sechs lange Wochen.

Was es denn so Wichtiges gäbe, daß er nicht mal Zeit für ein Eis aufbrächte? hat Sanne ihn noch geneckt. Zeit würde Bert im Überfluß haben, die mehr als vierzig Tage, die Birsen in der Türkei blieb. Sechs Wochen ohne eine pfiffige Idee, wie man sich sehen konnte, ohne daß Birsens Bruder Kosmas Verdacht schöpfte: im dunklen Kino, auf getrennten Plätzen, aber nahe genug, um Birsens Gegenwart zu spüren. Im Schnellimbiß, viele Haltestellen entfernt, an zwei Tischen, aber verbunden durch Blicke, die sich hastig senkten, wenn sie sich beobachtet fühlten. Oft war noch Kathrin dabei, Birsens beste Freundin. Kathrin hatte einen türkischen Onkel und wußte Bescheid über Birsens Problem: Seit Herr Akkar, ihr Vater, in Deutschland arbeitete, fand er sich damit ab, daß Mädchen und Jungen hier gemeinsam aufwuchsen; allein durfte Birsen aber nur zu ihrer Freundin, und der große Bruder mußte sie bringen und holen. Birsen allein mit Bert, das hätte ihre Zukunft als gute türkische Ehefrau gefährdet!

Bei Kathrin trafen sie sich manchmal, um Mathe oder Vokabeln zu pauken. Wenn sie auf dem dicken, weichen Teppich in Kathrins Zimmer hockten, wagte Bert, nach Birsens Hand zu greifen und ihre Wärme in sich aufzunehmen. Dann wagte er es, Birsens Gesicht so nahe zu kommen, daß das Glitzern in ihren dunklen Augen wie Funkenflug auf ihn übersprang. Aber wenn er anfangen wollte, den Flaum auf ihrer Haut mit seinen Lippen zu erkunden, drehte sie hastig den Kopf weg und bedeckte mit der freien Hand ihren Mund.

Wenn Kosmas klingelte, um Birsen abzuholen, verschwand Bert im Nebenraum. Kosmas war siebzehn und sah ziemlich stark aus. Gestern hätte Bert es allerdings fast drauf ankommen lassen, von ihm verprügelt zu werden. Gestern, als er erfuhr, daß Birsen vor den Ferien nicht mehr in die Schule kommen würde.

Erst wollte er einfach in den Laden stürmen und Herrn Akkar nach Birsen fragen. Als ihm klar wurde, daß er damit nur Birsen schaden würde, lief er zu Kathrin.

„Birsen und Kosmas müssen zu Hause packen helfen", wußte Kathrin. „Im Morgengrauen wollen sie in die Türkei aufbrechen, mit der ganzen Wagenladung, die sie für ihre Familie zusammengekauft haben. Aber Birsen läßt dir sagen, du sollst dich hinter Huberts Bude verstecken, du weißt doch, die am Bahndamm. Punkt zwölf. Wenn Birsen wegkann, ist sie um zwölf da. Und du sollst genau aufpassen, was sich um die Bude tut!"

Zwei vor zwölf. Sengende Sonne auf den Haaren, kleine Staubwolken unter den Sandalen. Ein Blick um die Ecke: Am Ausschank tut sich so gut wie nichts. Zwei gammelige Typen trinken Bier aus der Flasche, lassen sich eine neue hinschieben, sobald die erste leer ist. Zwischendurch erscheint ein Junge, der Flaschen in seinen Korb schichtet. An normalen Tagen wäre Huberts Wurststand belagert gewesen, aber nicht bei dieser Hitze.

Als die Petri-Turmuhr ihren ersten blechernen Schlag tut, fährt Bert zusammen. Leise zählt er den Stundenschlag mit: „... sechs, sieben, acht ..."

Beim zwölften Schlag biegt eine Gestalt um den Häuserblock gegenüber, läuft einen übertrieben weiten Bogen an der Fassade entlang, heftet den Blick starr aufs Pflaster, als gälte es, da etwas zu finden. Obwohl die Gestalt Jeans und ein weites dunkles Hemd und ein Tuch um die Haare trägt, hätte Bert unter tausend anderen Birsen erkannt.

Birsen hat ihre Hände in den Taschen vergraben, hält die Ellenbogen steif gewinkelt, setzt einen Fuß vor den anderen wie jemand, der nicht auffallen will.

Als Bert noch mit sich kämpft, wie er sich verhalten soll, ist Birsen über die Straße gehuscht und schon neben ihm. Mit Schulter und Hüfte schiebt sie ihn ein paar Zentimeter weiter, bis sie beide hinter der Bretterwand verschwinden.

Als Bert ihren Körper spürt, werden seine Arme eigenwillig, schlingen sich einfach um Birsens Mitte. Aber Birsen macht sich steif, versucht Berts Arme abzustreifen. „Warte!“ wispert sie und hält ihr linkes Handgelenk mit der Uhr an die Augen. „Noch dreißig Sekunden!“

Bert versteht nicht, wird seine Frage nicht los, weil sich mit kollernden, scheppernden, zischenden Geräuschen ein Zug ankündigt, immer näher kommt. Als er so dicht an ihnen vorbeidonnert, daß sie einen kühlenden Luftzug spüren, geben Birsens Arme Antwort, indem sie sich weich um Berts Oberkörper legen. Seinen eigenen Armen bleibt genügend Spielraum, um Birsen zu umranken, ihre ganze biegsame Gestalt an sich zu pressen, daß sie vorübergehend zu einem Pfeiler verschmelzen, einem Pfeiler mit zwei Köpfen und zwei Mündern, die aneinanderhaften. Nur die Haare treiben ihr eigenes Spiel: Birsens schwarze Locken sind unter dem Tuch hervorgequollen und ringeln sich um Berts kurze blonde Stachelborsten.

Als der Eisenbahnlärm verebbt, lösen sie sich voneinander. Der Boden, der unter Berts Sohlen zu beben schien, kommt zur Ruhe. Sein Kopf, in dem es eben gerauscht und gehämmert hat wie in einem gigantischen Kraftwerk, fühlt sich ausgehöhlt an. Ihm ist schwindelig.

Als er nach Birsen fassen will, weicht sie ihm aus. „Wir besitzen es doch jetzt, unser Geheimnis", sagt sie leise. „Es gehört nur uns beiden, und wir müssen es hüten."

Bert kann nur nicken, weil seine Kehle eng geworden ist. „Sechs Wochen", bringt er schließlich heraus.

Birsen legt ihren Kopf schief. „Sechs Monate, sechs Jahre, sechs Ewigkeiten", zählt sie nachdenklich auf.

„Es gibt nur eine Ewigkeit! Und sechs Jahre macht keiner Urlaub!" Der Protest bringt Bert wieder ein bißchen in Schwung.

„Nicht Urlaub", sagt Birsen und versteckt ihre Haare wieder. „Aber in Türkei werde ich fünfzehn, und wenn Familie will, muß ich Rock und Kopftuch tragen, und mit Rock und Kopftuch kann ich auch nicht mehr an diese Bude, wo Kosmas wegen Schweinewurst nicht hinkommt, und mit Rock und Kopftuch darf ich nicht mehr Zug abpassen, um dich zu küssen, und ..."

„Ist ja schon gut!" unterbricht Bert sie. Seine Stimme hört sich ungewollt barsch an, weil ihm elend zumute ist. So elend wie Birsen, denn Birsen kriegt nur solche Probleme mit der Sprache, wenn sie aufgeregt und traurig ist.

Vor Verlegenheit kratzt Bert mit seiner Sandale Muster in den Sand. „Wenn's dir hilft, laß ich mich also erst mal auf die Ewigkeit ein", murmelt er. „Vielleicht haben wir ja Glück, und sie dauert nur sechs Wochen."

Als er wieder hochblickt, ist Birsen verschwunden.

Manfred Böckl

Die Zeit mit Jennifer

Dreißig, vierzig Schritte unterhalb der Baustelle für die kleine Jugendherberge leckte die walisische See heran, fing sich an den schmalen Sandbuchten oder stürzte schmetternd in sich zusammen an den Felsbastionen, wogte zurück und wagte den neuen Anlauf; unerschöpflich. Möwen zirkelten ihre jähen, unberechenbaren Kurven über den frischen atlantischen Himmel, schrillten dabei erregt, um dann plötzlich jäh wieder abzustreichen, hinüber zur Insel. Cardigan-Island – wie ein überdimensionaler Walbuckel lag sie dort draußen, am entgegengesetzten Ende der Bucht. Schroff brach sie aus dem Meer heraus, schwarz wie die Hölle waren ihre begischteten Klippen, doch auf ihrem sanft und weich gezeichneten Rücken konnte man gleichzeitig die hellen, freundlichen Tupfen erkennen: die herrenlosen Schafe, die dort schon immer lebten, wie die Einheimischen behaupteten.

Wenn ich, verschwitzt von der Arbeit, hinüber zur Insel schaute, dann wurde mir der geheimnisvolle Gegensatz von Land und Meer fast schmerzlich bewußt. Eigentlich hatte ich in diesen Sommerferien bis Schottland trampen wollen, doch dann hatte Gilbert, den ich auf der Kanalfähre von Frankreich nach England kennengelernt hatte, mich zu dem Abstecher nach Wales überredet. Ein paar Tage nur hatten wir zunächst bleiben wollen, aber dann hatte diese grandiose Küstenlandschaft uns nicht mehr losgelassen. Und als hätte es so kommen müssen, hatte der *Warden*, der Verwalter der alten Jugendherberge von Poppit Sands, uns das Angebot gemacht, zusammen mit Owen beim Bau des neuen Gebäudes zu helfen. Wir hatten zugesagt, gegen freie Kost und Logis, und mittlerweile waren schon beinahe zwei Wochen vergangen, seit Gilbert und ich im Nieselregen angekommen waren.

Jeden Vormittag trieben wir ein paar Stunden die Baugrube ein Stückchen tiefer in den Berghang. An den Nachmittagen lagen wir am Strand oder fuhren mit den Fischern hinaus, und an den Abenden im alten schiefergedeckten Haus scherzten und diskutierten wir, und dies machte uns, zusammen mit der herrlichen Landschaft, die Ferien so befriedigend, so schön.

An all das dachte ich jetzt wieder, während der Schotter auf der Halde noch ein bißchen nachrieselte. Doch dann rief Owen mit seinem lustigen mittelenglischen Dialekt herüber, ob ich denn Wurzeln schlagen wollte. Also hievte ich die Schubkarre wieder hoch und hinauf auf den Klippenpfad – aber gefüllt wurde sie an diesem späten Vormittag dennoch nicht mehr, denn vor der Silhouette

10 4831-14

der Insel tauchte im gleichen Augenblick ein Mädchen mit wehendem blondem Haar auf.

Das lange Haar fiel ihr weit über die Schultern. Am linken Mundwinkel hatte sie ein Grübchen, und ihre Augen waren blau wie das Meer.

Siebzehn war sie, so alt wie ich. Aus Watford bei London kam sie, war zuerst bis Bristol mit dem Bus gefahren, dann quer durch Wales bis zur Küste getrampt, erzählte sie uns, als wir später beim Tee saßen. „Und nun will ich mich ein paar Tage hier in Poppit Sands ausruhen", sagte sie, und dabei streiften und betasteten sich unsere Blicke.

„Es wird dir sicher bei uns gefallen, Jennifer", versicherte Gilbert.

„Wenn du willst, kann ich dir heute nachmittag den kleinen Fischerhafen zeigen. Er ist ganz in der Nähe", setzte Owen hinzu.

Ich hielt den Atem an, doch Jennifer ging nicht auf seinen Vorschlag ein, sondern murmelte: „Eigentlich müßte ich nach dem Essen noch ein paar Besorgungen machen. Vielleicht könnte mir einer von euch zeigen, wo der nächste Laden ist?" Und dabei trafen sich unsere Augen erneut, und ich spürte, das war meine Chance. Und ehe meine beiden Freunde reagieren konnten, erwiderte ich: „Ich habe auch noch ein paar Sachen einzukaufen. Wir könnten ja zusammen gehen. Abgemacht?"

Das letzte Wort preßte ich förmlich heraus. Ich hatte Angst, Jennifer könnte sich trotz allem noch einmal anders besinnen, doch dann hörte ich sie sagen: „Abgemacht!" Und ich fühlte mich, als hätte ich in diesem Moment ein großes Geschenk von ihr bekommen.

Owen und Gilbert hatten sich in eine der Klippenbuchten verdrückt. Jennifer und ich, wir liefen den schmalen Pfad hinunter nach Poppit Sands. Manchmal, wenn der Weg ganz eng wurde, kamen wir uns so nahe, daß wir uns fast berührten. Wir redeten wenig, nur manchmal zeigte ich ihr einen besonders schönen Aussichtspunkt oder einen seltsam übermoosten Stein, und dann kam es vor, daß sie mir wieder ihr Lächeln schenkte. Einmal berührte mich in einem Windstoß ihr Haar an der Wange, und da wußte ich es: Ich hatte mich in sie verliebt.

Ich spürte dieses Streicheln, das fast wie ein Brennen war auch dann noch, als wir im Laden standen. Hinter der Scheibe glitten die Segel übers Wasser und tuckerten die Kutter, und wir packten Tee in unser gemeinsames Netz, Kekse, Sardinenbüchsen und Brot. Jennifer entdeckte ein T-Shirt für sich; das Blau paßte prächtig zu ihrem hellen Haar. Ich wollte es ihr so gerne schenken, doch sie wehrte wie peinlich berührt ab, bis wir uns zuletzt scherzend darauf einigten, daß jeder von uns den halben Preis bezahlen dürfe.

Im Hinausgehen griff ich noch nach einer Flasche Saft, ich war auf einmal schrecklich durstig, und dann beglichen wir die Rechnung und legten uns dabei gegenseitig unser gesamtes Kleingeld aus. Vor dem Laden öffnete ich gleich die Saftflasche. Nach dem ersten Schluck setzte ich sie hustend und keuchend wieder ab, denn ich hatte in meiner Verwirrung Tri-Top erwischt, dieses fünffach verdickte, unheimlich süße Zeug. Während ich noch einmal zurücklief, um Wasser zu besorgen, hörte ich Jennifers Lachen in meinem Rücken, doch es klang nicht schadenfroh; es klang eher unendlich erleichtert.

Mein Mißgeschick war es, das den Bann zwischen uns gebrochen hatte, und nun schlenderten wir ganz locker wieder den Pfad hinauf, und jeder von uns hielt dabei einen Henkel des Einkaufsnetzes fest. Auf halbem Weg aber schwang ich mir die Tasche über die Schulter, obwohl doch das gemeinsame Tragen so schön gewesen war, und meine jetzt freie Hand stahl sich ganz nahe an die Jennifers heran. Unsere Finger verflochten sich, ein bißchen unbeholfen noch, aber im gleichen Moment schien etwas sehr warm über uns zusammenzuschlagen …

Hand in Hand liefen wir die folgenden Wochen barfuß am Strand entlang und stürzten uns übermütig in die walisische See. Wir lagen flüsternd in verborgenen Buchten, über uns die Wolken, die über die Klippenzinnen trieben.

Die Arbeiten an der Jugendherberge gingen jetzt deutlich langsamer voran. Gilbert und Owen nahmen es hin, ebenso der *Warden*. Ich hatte Wichtigeres zu tun: Ich mußte Jennifer beispielsweise das Rochengerippe zeigen, das ich vor ihrer Ankunft einmal am Rand der Flutlinie entdeckt und dann – wie aus einem magischen Drang heraus – sorgsam in einer Felskluft wieder verborgen hatte. Jetzt brachte ich es erneut ans Tageslicht, für sie, und wir erschraken gemeinsam vor dem Ungeheuerlichen aus der Meerestiefe, aber dann trieben wir wieder fort und fanden erneut das gemeinsame Lachen.

Oder wir suchten Plätze auf, wo es Motive für Jennifer gab; kleine Leinwandtäfelchen hatte sie im Rucksack mitgebracht und Ölfarben. Wenn sie ihre Landschaftsminiaturen malte, dann pflegte sie auf einer ihrer feenhaften Haarsträhnen zu kauen, und ich liebte sie um so mehr, meine schnurrbärtige Hexe. Sie schenkte mir ihre Bilder und versah sie auf der Rückseite mit einer kleinen Widmung. Dafür schrieb ich Gedichte für sie. Ihr Gesicht, ihren Körper, ihre Augen, ihr Haar verwob ich darin mit der See, den Wolken, dem Land und dem Meer. Und immer war die Insel da, Cardigan-Island, und wir träumten zusammen davon, daß wir dort draußen einmal ein *Cottage* ganz für uns allein besitzen würden.

Von Avalon erzählte Jennifer mir bei solchen Gelegenheiten auch; von der Sageninsel, weit hinter dem Sonnenuntergang, wo nur Keltenkönige hingelangen könnten – oder Liebende, und so begriff ich unendlich viel von der Seele des Landes, in das wir gekommen waren, sie und ich.

Immer wieder auch gingen wir Hand in Hand zum Fischerhafen, und wenn Lynn und Teddy, die beiden Rauhbauze, uns einluden, an Bord des Kutters zu kommen, dann tuckerten wir hinaus auf die Bucht, warfen zusammen mit ihnen die Langustenreusen aus oder holten sie bestückt wieder ein. Gelegentlich nahm Lynn die Makrelenschnüre aus dem Heckkasten, und dann spürten wir das Ziehen und Saugen des Meeres durch die Leinen und spürten den jähen Anbiß, und dann kam es silbern aus den Fluten hoch, und ich las in Jennifers Augen die Freude und gleichzeitig die winzige Trauer, und sie las dasselbe in meinen Augen.

Manchmal auch kamen wir Cardigan-Island sehr nahe. „Schau, Markus“, frohlockte Jennifer einmal. „Die Schafe haben richtige Koboldgesichter!“

„Weise Gesichter!“ setzte ich ihr entgegen, doch ehe wir

uns deswegen in die Haare geraten konnten, hatte der Motorenlärm die Herde verscheucht. Von den gefährlichen Standplätzen zwischen den Klippen hetzten die Tiere weg ins Inselinnere. Wieder sah ich die winzige Trauer in Jennifers Augen, und ich wandte mich an die Fischer und fragte, obwohl ich die Antwort ja kannte: „Gibt es denn gar keinen Weg hinüber nach Cardigan-Island?“

„Manche haben es versucht, doch geschafft hat es keiner“, erwiderte Teddy.

„Es kann dein Tod sein, wenn du zu leichtsinnig bist!“ fügte Lynn hinzu.

Der Kutter drehte ab, wir kehrten nach Poppit Sands zurück, und dann, als wir in den Hafen schlingerten, wurde mir auf einmal bewußt, daß Jennifer und mir nur noch wenige Tage hier vergönnt waren, daß die Zeit, da ich nach Deutschland zurückmußte, erschreckend schnell näher rückte. Und in Jennifers Augen las ich, daß im gleichen Moment auch sie daran gedacht hatte.

Sie malte mir ihre Adresse auf das allerletzte Leinwandtäfelchen; ich schrieb die meine unter ein langes Gedicht.

Schon drängte Gilbert, mit dem zusammen ich wieder in Richtung Dover trampen wollte. Einen Tag handelte ich ihm noch ab; einen letzten Tag mit Jennifer, die noch in Poppit Sands bleiben mußte, weil ihre Eltern sie hier mit dem Wagen abholen wollten. Und dann, mein Rucksack war schon gepackt, gingen wir noch einmal zum Fischerhafen.

Der Kutter legte ab; Lynn schien etwas zu ahnen, schien genau zu spüren, was in uns vorging, denn er zwinkerte uns zu und nahm im gleichen Augenblick direkten

Kurs auf Cardigan-Island. Jennifer und ich, wir saßen eng aneinandergeschmiegt auf der Ducht.

Über dem tanzenden Bug beschatteten die schwarzen Klippen den Himmel; irgendwo dort oben waren die Schafe höchstens zu ahnen, und dann steuerte Lynn den Kutter scheinbar direkt in die abweisende Felsenwelt hinein. Weder Jennifer noch ich hatten etwas gewußt von dieser Passage; von dieser Kluft, die wie mit einem Zackenschwert durch den westlichen Ausläufer von Cardigan-Island gehauen schien. Jetzt aber nahm das Geheimnis uns auf, und wir konnten den steinernen Leib der Insel beinahe mit unseren ausgestreckten Händen berühren. Es war wie ein Heimkommen; ein Heimkommen in eine vor Jahrhunderten verlorene Sagenwelt.

Doch dann, viel zu schnell, gewann der Kutter jenseits wieder die freie See, stampfte noch ein Stück hinaus ins Meer zwischen England und Irland, schlug dann einen Bogen wie ein geprügelter Hund und trug uns nach Poppit Sands zurück; unwiderruflich.

Am nächsten Morgen lief ich im Nieselregen mit Gilbert zur Fahrstraße. Die Rucksäcke hingen uns schwer im Nacken. Noch einmal hatte Jennifers helles Haar mich gestreichelt und war dann weggeweht, doch den ganzen Weg bis Dover schien es noch immer so schmerzhaft gegenwärtig zu sein. In den *Cotswolds* mit seinen schiefergrauen und efeuumrankten Häuschen war es da, in Oxford und in der endlos dahinheulenden Untergrundbahn von London, und dann trug ich es mit mir aufs Schiff und nahm es mit hinüber auf den Kontinent – in meine alte, in meine jetzt auf einmal so leere Welt.

Brigitte Blobel

Alle sind weg

Alle fahren weg. Das ist immer so. Jeden Sommer fahren alle weg. Nur ich nicht. Ich muß hierbleiben und meinen Eltern in der Gastwirtschaft helfen. Im Sommer haben wir auch Gartenbetrieb. Unter Kastanienbäumen, direkt am See. Wenn ich nicht hier geboren wäre, würde ich das vielleicht auch schön finden. Wie zum Beispiel Nico. Der kommt jetzt jeden Nachmittag her. Und ganz zufällig taucht auch Julia auf. Wirklich, ganz zufällig. Ich seh schon immer, wie sie ankommt mit ihrem Fahrrad, die Badesachen hinten auf dem Gepäckträger, und sich die Augen aus dem Kopf schaut nach Nicos Fahrrad. Nico hat so ein altes schwarzes Holland-Fahrrad. Man erkennt es sofort unter all den glitzernden Rädern mit zehn und mehr Gängen. Julia legt ihr Fahrrad immer direkt auf seins obendrauf, und dann schlendert sie mit dem Badebündel unter dem Arm durch die Gartentische – grüne Blechtische, die ich jedesmal nach dem Regen abwischen muß, und dann tut sie wahnsinnig erstaunt, daß er da sitzt.

„Mensch, Nico, so ein Zufall! Du hier?"

Sie bleibt vor ihm stehen. Natürlich ist an dem Tisch noch ein Platz frei.

Er sagt: „Setz dich doch." Und dann hocken sie zusammen, und Julia holt ihre Börse raus, und sie zählt das Geld, und dann kommen sie zum Stand und holen sich einen Teller Emmentaler oder einen Wurstsalat und gehen zurück an ihren Platz. Donnerstags, freitags, samstags und sonntags ist eine Kapelle da. Dixieland. Nico steht auf Dixieland, das hat er mir mal erzählt, ich glaube, er würde gerne in einer Band spielen, er hat bloß kein Geld, sich ein Instrument zu kaufen. Ich glaube, er wär ein toller Klarinettist. Er hat gesagt: „Klarinette, das wär mein Ding."

„Und warum spielst du nicht?" hab ich ihn gefragt.

Er hat gelacht. „Auf was?" hat er erwidert und ist wieder weggegangen. Einmal hat er mich gefragt, ob ich auch zum Baden gehe. „Der See ist superwarm", hat er gesagt, „und ganz klar."

Wir haben eine Ringkanalisation um den See, die ist schon vor zehn Jahren fertig geworden. Jetzt soll der See wieder Trinkwasserqualität haben. Der Bürgermeister hat ein Glas Seewasser getrunken, und die Presse hat es fotografiert. Ich war dabei. Nachher sind alle zu uns in die Gastwirtschaft gekommen und haben einen doppelten Enzian bestellt, einen hochprozentigen Schnaps. Ich wette, sie haben doch ein bißchen Angst vor den Bakterien oder Salmonellen gehabt.

„Ich komme mal schwimmen", hab ich dem Nico gesagt.

„Was heißt mal?"

„Wenn ich Zeit hab", hab ich geantwortet.

„Und wieso hast du jetzt keine Zeit?"

„Das siehst du doch, ich muß die Tische abputzen. Und die Stühle. Von dem Regen sind die ganzen Blüten draufgeweht. Die kleben fest, und dann beschweren sich die Gäste."

„Und was geht dich das an?" hat Nico gefragt.

Ich hab gelacht. „Du, die Wirtschaft gehört meinen Eltern. Ich muß ihnen helfen. Ich helf ihnen immer."

„Seit wann?" hat Nico gefragt.

„Seit ich zehn bin", hab ich gesagt.

„Was! Und wie alt bist du jetzt?"

„Das weißt du doch", hab ich gesagt, „so alt wie du. Fünfzehn. Wir gehen schließlich in eine Klasse."

Nico hat mich angeschaut. Er schien etwas verlegen.

„Schade", hat er gesagt, „ich geh nämlich lieber zu zweit schwimmen als allein."

„Hast du Angst, daß du ertrinkst?" hab ich gefragt.

„Quatsch", hat er gesagt, „aber zu zweit ist das Leben halt schöner."

Mit meiner Mutter kann ich nicht gut. Sie ist immer schlecht gelaunt seit der Operation. Ich glaube, sie hat Schmerzen, aber sie spricht nicht darüber. Ich muß immer mehr arbeiten, weil sie nicht mehr so viel schafft. Ich hab trotzdem gefragt, ob ich zum Baden gehen kann. Aber meine Mutter hat gesagt: „Bist du verrückt? Ausgerechnet jetzt, wo Hochsaison ist?"

„Aber weil es doch so schön ist", hab ich gefleht.

„Du kannst schwimmen gehen, wenn das Wetter schlecht ist und wenn hier nichts los ist."

Dann wurde das Wetter schlecht, und Nico ist nicht gekommen. Als das Wetter besser wurde, war auf einmal Julia da. Julia geht in unsere Parallelklasse. Erst seit dem Frühjahr. Ich glaube, sie hat vorher in der Stadt gewohnt.

Ich hasse Julia. Sie hat rote Haare und Locken, die bestimmt nicht echt sind. Außerdem trägt sie immer Sachen, die man bei uns nicht anzieht, so modisches Zeug, in dem sie aussieht wie aus einem Modekatalog. Alle Mädchen finden Julia blöd, aber die Jungen sind wie wild hinter ihr her. Julia lacht immer. Ganz laut. Wenn in der Pause auf dem Schulhof einer lacht, dann wissen wir schon: Aha, Julia. Sie will bloß, daß man herschaut, und das tun dann natürlich auch alle.

Ich habe zusehen müssen, wie das mit Nico und Julia gelaufen ist. Zuerst war es ganz normal, aber dann haben sie sich sogar geküßt. Ich weiß es, weil ich es mit eigenen Augen gesehen habe. Und Nico hat seine Hand unter ihr T-Shirt geschoben, oder sie hat seine Hand da hingelegt, das würde ich ihr total zutrauen. Als ich das gesehen hab, hab ich mich ganz laut geräuspert und bin dicht an den beiden vorbeigegangen. Ich mußte gerade den Plastiksack zum Müllcontainer bringen. Der Sack war voller Pappteller mit Wurst- und Senfresten und so.

„Mußt du so dicht vorbeigehen?" hat Julia gerufen.

„Anscheinend", hab ich geantwortet und nachher die ganze Nacht geheult. Ich heule sowieso viel in der letzten Zeit. Ich weiß nicht, wieso.

Im Sommer möchte man eben gerne ein schönes Leben haben. Alle haben ein schönes Leben – nur ich nicht.

Alle fahren weg. Karin nach Italien zu ihrer Großmutter, Iris auf einen Reiterhof zusammen mit Rita, die schon mal auf einem Turnier gewonnen hat, Gerda fliegt mit ihren Eltern nach Spanien, und Tina geht für ein ganzes Jahr nach Kanada. Austauschschülerin. Zu einer ganz reichen Familie, die in einer Art Schloß wohnt, hat sie erzählt. Wenn ich wegfahren könnte, wäre ich glücklich. Irgendwohin, wäre mir ganz egal, vielleicht nach Finnland oder Norwegen oder so. Zur Mitternachtssonne. Das möchte ich einmal erleben, daß die Sonne nie untergeht. Ich glaube, man sitzt da an einem steinigen Ufer am Nordatlantik, und sieht, wie die Sonne sinkt und über den Horizont gleitet und sich wieder erhebt, ohne je ins Meer einzutauchen. Das muß toll sein. Dabei kann man alles vergessen, schätze ich.

Ich würde auch nur zum Camping an den Gardasee fahren, wie die Familie Paulsen. Die haben auch nicht viel Geld, aber die Kinder amüsieren sich toll. Gehen abends in die Disco, und am Tag surfen sie auf geliehenen Brettern. Und lernen die tollsten Typen kennen. Dabei sind die beiden Paulsen-Töchter wirklich keine Schönheiten. Vielleicht würde ich auch jemanden kennenlernen, wenn ich wegfahren könnte. Mit Interrail. Ich stelle mir vor, ich sitze mit meinem Rucksack auf einem Bahnhof und warte auf einen Zug. Und plötzlich läßt jemand seinen Rucksack neben mir fallen und schmeißt sich dazu und sagt: „Wohin fährst du?“

Und ich zeige nur mit dem Daumen nach Süden.

Und er sagt: „In Ordnung, ich auch.“

Das wäre der Anfang für eine tolle Liebesgeschichte. Ich lese so gerne Liebesgeschichten. Ich kann mir alles vorstellen. Wie sie im Zug ihren letzten Apfel teilen und wie ihre Geldbörse geklaut wird und sie auf der *Piazza Grande* betteln müssen oder auf einem Flohmarkt ihre Kleider verkaufen. Irgend etwas Tolles würde passieren, etwas Schreckliches, aber sie würden lachen und sich lieben, und es wäre ein Abenteuer.

Ich bin gut geeignet für Abenteuer. Ich bin auch zäh. Ich halte eine Menge aus.

Das einzige, was ich nicht aushalte, ist diese Gastwirtschaft. Und daß ich hier immer die Tische putzen muß, während die anderen Ferien haben. Ich könnte verrückt werden, wenn ich mir vorstelle, daß ich die ganzen Ferien Tische putze und Plastiktüten zum Müllcontainer trage, während die anderen...

„Hallo.“ Nico steht plötzlich neben mir. „Wieso bist du nicht in den Ferien weggefahren?“

„Das siehst du doch“, sage ich. Mein Herz schlägt wie wild. „Ich muß arbeiten. Und du? Ich denke, du wolltest trampen. In die Türkei.“

„Hat nicht geklappt.“ Nico hockt sich auf einen Gartenstuhl und schaut mir zu, wie ich den Tisch wische.

„Und wieso hat es nicht geklappt?“

„Mein Alter erlaubt es nicht“, sagt Nico.

„Und wieso nicht?“

„Weiß auch nicht. Er sagt, mein Zeugnis sei beschissen schlecht. Ich soll was für die Schule tun.“

„Pech“, sage ich.

Er nickt. „Kann ich dir irgendwie helfen?“ fragt er mit einem Blick auf die Seifenlauge in dem kleinen Eimer und die nassen Lappen, mit denen ich herumwedele wie ein Dirigent mit dem Taktstock.

Ich lache. „Wenn du Lust hast!“

„Komm, gib her.“ Er nimmt mir den Lappen und den Eimer ab und geht damit von Tisch zu Tisch und wischt wie ein Profi, wringt aus, reibt trocken, klappt die Stühle auseinander mit einer Hand, während er in der anderen den Seifeneimer trägt.

„Wahnsinn“, sage ich, „wo hast du das gelernt?“

„Ich hab dir zugeschaut“, sagt er lachend. Darauf fällt mir nichts ein.

Ich folge ihm bis zum letzten Tisch. Er dreht sich um und lächelt. Pustet eine Locke aus der Stirn. Er hat Lokken. Das finde ich toll. Man sieht so auch seine Pickel gar nicht so doll.

„Sei froh, daß Julia dich nicht gesehen hat“, sage ich, „sie wäre entsetzt.“

„Wieso?“

„Weiß nicht.“ Ich werde plötzlich rot.

„Julia ist auf Mallorca“, sagt Nico.

„Ach.“ Mehr fällt mir schon wieder nicht ein.

Meine Mutter kommt aus der Gaststube. „Nanu? Haben wir auf einmal Hilfe?“ fragt sie. Heute ist sie gut gelaunt. Die Bauchschmerzen, sagt sie, sind auf einmal weg. „Ich hab dich beobachtet. Du machst das toll.“

„Danke.“ Nico wischt die Hand an der Hose ab und reicht sie meiner Mutter. „Ich heiße Nico Reiser. Ich geh mit Sabine in eine Klasse.“

Meine Mutter schaut mich an. „Er geht in deine Klasse, Sabine?“ fragt sie.

Ich hebe die Schultern. „Wieso nicht?“

„Weil du es mir nie erzählt hast.“

„Ich erzähle dir doch auch sonst nichts“, sage ich.

Nico schaut uns an. Ich werde rot.

Meine Mutter tut, als hätte sie nichts gehört. „Fährst du gar nicht weg in den Ferien?“ fragt sie freundlich.

Nico schüttelt den Kopf. „Kein Geld.“

„Willst du dir vielleicht etwas verdienen?“ fragt meine Mutter. Ich glaube, ich falle tot vom Ast. Das Wort Geld nimmt meine Mutter nie in den Mund, nur, wenn man ihr ein Messer an die Kehle setzt!

Auch Nico ist verblüfft. „Ginge das denn?“ fragt er vorsichtig.

Mutter schaut mich an. „Ich wette, Sabine könnte ein bißchen Hilfe ganz gut gebrauchen. Die Arme tut mir so leid. Alle fahren weg, und sie muß hierbleiben. Aber wir haben nun mal die Gastwirtschaft, und jetzt ist Saison.“

Ich starre meine Mutter an. „Das kann nicht wahr sein.“

„Was?“ fragt meine Mutter.

„Daß du dir über mich Gedanken machst.“

Meine Mutter lächelt. Sie nimmt Nico den Seifeneimer ab. „Wollt ihr beide nicht ein bißchen schwimmen gehen? Ist doch so ein schönes Wetter heute.“

Nico schaut mich an. Ich schaue Nico an. Ich werde feuerrot.

„Warum nicht?“ sage ich.

„Ja, warum nicht?“ sagt Nico.

„Nachher gibt es Pflaumenkuchen“, sagt meine Mutter, „ich mach frischen Kaffee.“

Ich bin in einem falschen Film. Ich muß mich immerzu kneifen. Was ist los? Wieso ist sie auf einmal so nett? „Ich hol mir nur schnell meinen Badeanzug“, sage ich und bin schon weg.

Ich ziehe mich um in meinem Zimmer. Meine Finger zittern, die Träger von diesem verdammten Badeanzug verheddern sich ewig. Ich schaue in den Spiegel, da taucht meine Mutter auf. Sie lächelt mich an. „Schön siehst du aus in dem Rot“, sagt sie, „steht dir.“

Ich dreh mich zu ihr um. Ich will sie etwas fragen, aber ich traue mich nicht.

„Geh schon los. Er wartet ja“, sagt meine Mutter.

Ich nicke. Ich will an ihr vorbei, da hält sie mich fest. „Du magst ihn doch, oder?“

Ich nicke. Ich habe einen Kloß im Hals.

Meine Mutter lächelt. „Na also. Dann sei doch nicht immer so schüchtern, ich hab nicht gedacht, daß man in diesem Zeitalter den jungen Leuten immer noch auf die Sprünge helfen muß.“

Sie schiebt mich aus der Tür. Ich taumle nach draußen. Nico sitzt auf der Kinderschaukel und wartet.

Ich trage diesen roten Badeanzug und weiße Turnschuhe. Ganz dünne, neue, weiße Turnschuhe. Hab ich mir von meinem Taschengeld gekauft. Ein Handtuch hab ich über der Schulter. Nico hat auch schon seine Badehose an.

Er springt von der Schaukel.

„Gehen wir?“ fragt er.

Ich nicke und gehe steif neben ihm her.

Nico lächelt. „Deine Mutter ist wahnsinnig nett."

Ich sage nichts.

„Wenn du nichts dagegen hast, würde ich gern nachher mit euch Pflaumenkuchen essen."

Ich sage wieder nichts. Nico kickt ein paar Kieselsteine in den See. „Und das mit dem Job, wenn deine Mutter das ernst meint – das wäre doch toll."

Ich schaue ihn an.

Er lächelt. „Dann wären wir endlich den ganzen Tag zusammen."

„Endlich?" frage ich erstaunt.

Er lacht. „Na klar. Oder was meinst du, warum ich jeden Tag mit dem Rad hier rausgekommen bin? Wegen der Aussicht?"

„N...ein... wegen Julia...", stottere ich.

Er bleibt stehen. Schaut mich an. Wirft den Kopf in den Nacken. „Wegen Julia! Ist das dein Ernst?"

Ich nicke. Mir ist ganz schlecht vor Aufregung.

„Julia ist meine Cousine, wußtest du das nicht? Wir kennen uns, seit wir Babys sind."

Er rennt los. „Wer zuerst im Wasser ist."

Und ich mit meinen neuen Turnschuhen hinterher.

Alle sind weg, weil Ferien sind. Das ist das Tolle. Nico und ich haben den See ganz für uns allein. Ich könnte schreien vor Glück.

11 4831-14

Elisabeth Dommer

Grünes Herz aus Stein

Anke lief fort in den Wald. Heute würde sie allein nach Steinen suchen. Sven würde nie mehr mitkommen. Nie mehr! Sie faßte es nicht. Jahrelang war er ihr bester Freund gewesen. Er wohnte im Haus nebenan, und er hatte schon mit ihr gespielt, als sie ein kleines Mädchen gewesen war. Kirschen hatte er für sie geklaut, ihr das Schwimmen beigebracht und sie getröstet, wenn sie sich die Knie wund geschlagen hatte. Aber das Schönste: Durch ihn sah sie die Wunder der Steine.

Bald sammelte sie so wie er: kleine Schieferplatten, dunkelgraue Steine mit gelben Maserungen. Steine, dicht besetzt mit winzigen glitzernden Pünktchen. Drei besondere Kostbarkeiten hatte sie. Ein Stück perlmuttschimmernden Gipsspat, den man Marienglas nennt. Einen Rosenquarz in einer Schiefertafel – der leuchtete mild wie ein Wölkchen, unter dem die Sonne abends rot weggetaucht ist. Und die dritte war der Abdruck eines Urzeitfarns im Stein. Den hatte Sven ihr geschenkt. Doch nun würde er ihr nie wieder etwas schenken!

Anke stolperte. Die Wurzel einer Fichte hatte ihr ein Bein gestellt. Sie schrak auf und sah sich um. Wo war sie denn? Doch sie konnte nicht darüber nachdenken. Sie bog in einen Pfad ein, der abwärts führte in einen rotbraunen Buchenwald. Golden schimmerte ein Ahorn hindurch.

Sven war jetzt sicher schon in Thale bei der andern. Seit er diese Kirsten kannte, war es aus. „Tut mir leid, Anke, ich hab heute keine Zeit. Morgen auch nicht, da hat Kirsten Geburtstag. Übermorgen? Da ist Sonnabend, da wollen Kirsten und ich in die Disco ..."

Anke brannte es im Magen, wenn sie nur daran dachte. Und als sie sich aufregte, da sagte ihr Vater auch noch: „Aber Sven ist doch schon siebzehn. Glaubst du, der macht sich noch viel aus einem zwölfjährigen Mädchen?"

Anke biß sich auf die Lippen, bis sie fast bluteten. Was sollte denn das heißen? Sollte sie denn ihren allerbesten Freund einfach aufgeben? Gehörten sie denn nicht für alle Zeiten zusammen?

Mit fünf Jahren hatte sie zu Sven gesagt: „Dich heirate ich, wenn ich groß bin." Heute würde Anke so was nicht mehr sagen. Aber irgendwie galt es ihr als Versprechen. Sven hatte lächelnd genickt. Niemand hatte je gesagt: Das gilt nicht mehr. Jetzt dachte Anke enttäuscht: Ich bin bald dreizehn. Wenn er ein paar Jahre wartet, könnten wir ...

Nein, eben nicht! Kirsten kam, und ihm fiel nicht mehr ein zu warten. Sie war sechzehn und rothaarig, sah ein bißchen wie eine Rockerbraut aus. Anke sah eher aus wie ein Junge – aber wie ein sehr niedlicher Junge, hatte Sven früher gesagt.

Der Wald verschwamm etwas vor ihr. Hatte sie jetzt etwa Tränen in den Augen? Aber nein, zwischen den Bäumen hing ein leichter, weißer Nebel. Vorn öffnete sich der Pfad, und wie durch ein Tor drang ein Rauschen in den Wald ein. Und dann stand Anke am Fluß.

Wo war sie herausgekommen? Rechts und links von ihr erhoben sich steile Felsen. Auch gegenüber reckte sich das Ufer auf. Nirgends ein Haus. Aber nun löste sich schräg gegenüber ein rotes Ding aus dem Fels, schwebte an einem Seil aufwärts. Und noch eins. Gelassen, fast lautlos glitten die Gondeln empor, zu einem Punkt hoch über Anke. Also mußte über ihr der Hexentanzplatz sein.

Sie war verblüfft. So weit war sie doch nicht gelaufen? Sie war gerade eine halbe Stunde unterwegs. Oder irrte sie sich? Ihre Uhr stand ja. Mit einem Mal fühlte sie sich, als sei sie drei Stunden gelaufen.

Sie setzte sich auf einen Stein. Vor ihr schäumte der Fluß über Kiesel und glatte Felsbrocken. Die Sonne drang nur matt durch einen Vorhang aus Nebel. Alles sah silbrig aus: das Wasser und der Fels gegenüber und am Hang das fahle Laub.

Sogar hier hörte Anke Svens Stimme: „Kannst du denn das nicht verstehen? Wir lieben uns, Kirsten und ich."

„Ich liebe dich auch", sagte sie in den Silberdunst hinaus. „Und ich will dich nicht einfach hergeben! Ich will, daß du bei mir bleibst!"

Über ihr lösten sich Steine. Es ging alles ganz schnell. Sie konnte nichts weiter tun, als den Kopf in ihren Armen zu vergraben. Zum Glück traf sie keiner. Alle fielen in das Wasser. Steine vom Hexentanzplatz. Die meisten waren schon nicht mehr zu unterscheiden. Nur ein einziger fiel auf. Er glänzte grün und war merkwürdig geformt. Anke stand auf. Dieser Stein weckte etwas in ihr, und sie wußte augenblicklich: Den mußte sie haben.

Sie zog die Schuhe aus. Die Schnürsenkel gehorchten ihren Fingern nicht. Dabei ließ sie den Stein keinen Moment aus den Augen. Jedesmal, wenn eine Welle über ihn hingeschwappt war, schien er etwas verändert zu sein.

Als sie auch die Strümpfe ausgezogen hatte, nahm eine Welle ihn, trug ihn zu ihr ans Ufer. Sie hob ihn auf und sah ihn an.

Es war ein Herz. Nicht so gleichmäßig gerundet, als ob es aus Lebkuchen sei. Es sah aus wie das menschliche Herz in ihrem Biologiebuch.

Und vor allem ... Was war das? Da war ein Muster. Eine Maserung? Es sah doch eher aus wie eine ganz feine Zeichnung. Und die erschreckte sie. Das war ja ein Gesicht. Die schmalen Lippen und die aufmerksamen Augen, das Muttermal zwischen den Brauen ... Das war Svens Gesicht!

Ihr zitterten die Hände. Ach, das war doch eine Täuschung! Hastig deckte sie den Stein ab und zählte bis zehn – und erblickte wieder Svens Gesicht.

Benommen schaute sie sich um. Der Nebel wurde dichter. In der Luft bewegte sich ein roter Fleck und verschwand dann ganz. Verhext! Sven war gefangen in einem Hexenherz. Und das gehörte ihr.

Plötzlich fror sie. Dabei war sie innerlich heiß, beinahe

wie im Fieber. Sie hüllte den Stein sorgsam ein in ein Leinenläppchen, schob ihn in die Tasche und lief zurück in den Wald.

Als sie zu Hause ankam, blickte sie zur Uhr. Sie war nur eine Stunde fortgewesen.

Niemandem zeigte sie diesen Stein. Sie baute ihre Lieblingsstücke drum herum: das Marienglas, den Rosenquarz, den Urfarn. So war er sicher, denn keiner rührte ihre Gesteinssammlung an.

Tags darauf sah sie Sven wieder. Er reparierte irgendwas an seinem Moped, aber es ging nicht voran. Er saß einfach da und starrte auf die Schrauben.

Als sie ihn ansprach, schaute er sie an, als ob er eben aufwachte. Dann lächelte er. „Anke!"

Wie das klang, wie er sie dabei ansah! Jetzt war alles wieder gut. Vor Freude hätte sie fast aufgelacht. Es war ein Zauberstein. Und nun mußte sie sich nie mehr von Sven trennen.

Sie hockte sich zu ihm. „Was ist denn, will dein Moped nicht?"

„Doch, doch, das ist in Ordnung."

„Warum baust du es dann auseinander?"

„Ach, nur so."

Sie wurde aufmerksam. „Was hast du? Ist dir nicht gut?"

„Doch. Wieso?"

„Ich weiß nicht."

Er wirkte ein bißchen bedrückt. Und er dachte an etwas, wovon er nicht sprach.

„War es schön, gestern?“

„Ja, ja“, sagte er. „Bloß ... Es ist komisch. Wir haben zusammen Englisch gemacht, und dann sind wir ins Kino gegangen. Und auf einmal, da fühlte ich mich völlig eingekeilt. Ich konnte kaum noch atmen, und ich wußte nicht mehr richtig, wo ich war. Kirsten meint, ich hätte Platzangst. Aber so was habe ich noch nie gehabt.“

Anke verbarg ein Lächeln. Sie senkte den Kopf, rollte mit den Fingerspitzen eine Schraube.

„Hat das sehr lange gedauert?“

„Eigentlich nicht. Doch seitdem ... seitdem fühle ich mich irgendwie anders.“

„Du warst lange nicht mehr mit mir Steine sammeln. Das fehlt dir bestimmt.“

„Ja, kann sein.“

Sie spürte seinen plötzlich aufmerksamen Blick.

„Du bist allein im Wald herumgeklettert, Anke?“

„Geklettert nicht.“

„Deine Eltern haben sich Sorgen gemacht.“

„Aber ich war nur eine Stunde unterwegs.“

„Trotzdem. Es kann was passieren.“

„Wenn du nie mitkommst ...“

„Aber ich komme ja mit!“

Für einen Moment überlegte er. „Ich wollte eigentlich morgen ...“

Er stockte. Ein Schatten streifte sein Gesicht. Dann schluckte er. „Na gut. Wenn du willst, gehen wir morgen.“

Es war wunderbar. Er fuhr nicht mehr zu Kirsten. Dann und wann dachte er wohl daran. Einmal sah Anke ihn an seinem Moped stehen. Der Motor lief bereits, jedoch er stieg nicht auf. Unschlüssig stand er da und ließ den Motor knattern, bis sich die alte Frau Krause aus dem Fenster lehnte und gehörig schimpfte. Er schaute auf, als wisse er nicht, was sie meinte. Da lief Anke zu ihm. „Machen wir ’ne Tour?“ Erleichtert nickte er.

Manchmal rief er Kirsten an. „Ich kann wirklich nicht kommen. Ich habe Anke versprochen, mit ihr in den Tierpark zu fahren.“ Oder er sagte: „Versteh doch, Anke klemmt wieder mit den Hausaufgaben fest.“

Und sie brauchte ihn darum nicht sehr zu bitten. Es kostete sie nur ein Wort, und schon war Sven für sie da. Für sie allein.

Doch es war seltsam. Nur anfangs war Anke dabei wirklich froh. Bald schon merkte sie, Sven war die meiste Zeit gar nicht so recht bei der Sache. Immer wirkte er niedergeschlagen, sie hatte nie mehr so viel Spaß mit ihm wie früher. Sein Gesicht war blaß. Mitunter schaute er Anke fast vorwurfsvoll an. Ihr wurde unbehaglich. Was konnte er wissen? Sie tat, als bemerkte sie nichts. Doch sie konnte seinen Blick nicht mehr aushalten.

Da kam Kirsten in ihr Dorf.

An diesem Freitag war Anke gerade bei Sven, und sie half ihm bei der Reinigung der Steinsammlung. Svens Mutter ließ Kirsten herein. Auf einmal stand sie mitten im Zimmer, musterte Anke und Sven und sagte: „Ich muß mit euch beiden sprechen.“

Sven erhob sich, wischte sich nervös die Hände an einem Tuch ab. „He, Kirsten … Willst du dich setzen?“

Anke rührte sich nicht.

Kirsten setzte sich nicht.

Sven stand verlegen im Raum.

„Ihr seid nicht gerade begeistert, mich zu sehen. Dabei dachte ich, du liebst mich, Sven."

„Ja, klar."

Kirsten nickte. „Ich hab auch gedacht, daß du mir sagen würdest, wenn es mit uns aus ist."

„Ja, das würde ich. Es ist ja gar nicht aus."

„Nicht? Na, da muß ich doch lachen. Seit Wochen heißt es, Anke hier und Anke da. Wie machst du das eigentlich, Kleine?"

Anke schwieg.

„Wie sie mich anstarrt, schau nur, Sven! – Du magst es nicht, daß er bei mir ist."

„Sven ist gern mit mir zusammen", sagte Anke.

„Natürlich, warum denn auch nicht. Er hat dich gern, aber wie eine kleine Schwester. Mich liebt er, und ich liebe ihn, das ist was anderes."

Anke preßte die Lippen zusammen. Das denkst du dir so! Aber ich verstehe Sven besser als du. Ihn interessieren die Steine, davon hast du keine Ahnung, wette ich!

In der Hand hielt sie ein Stückchen schwarzen Glimmer. Den streckte sie Kirsten hin.

„Weißt du, was das hier ist?"

„Nein. Aber du könntest es mir ja sagen. Dann wüßte ich, was es ist."

Da kannst du lange warten, dachte Anke höhnisch.

Kirsten regte sich mehr und mehr auf.

„Aber du weißt was anderes nicht, und das ist viel wichtiger, Anke. Du merkst nicht, daß Sven sich verändert.

Früher war er immer fröhlich und – gesund. Ja, merkst du nicht, daß er krank aussieht?"

„Da kann doch ich nichts dafür!" stieß sie schroff hervor, weil sie betroffen war.

Doch Kirsten wich zurück und faßte Sven am Arm.

„Hörst du das? Ich kann gar nicht verstehen, warum du so an ihr hängst. Sie ist doch bloß eine boshafte kleine Hexe!"

Diese Worte trafen Anke wie ein Schlag. Sie mußte irgend etwas tun, sie abzuwehren. Die Hand mit dem grünen Glimmerstück fuhr hoch ...

„Anke!"

Jetzt war Sven wahrscheinlich zum ersten Mal böse auf sie. Aufschluchzend ließ sie die Hand sinken.

„Sven, komm sofort her!" Kirsten umklammerte seinen Arm mit beiden Händen. „Komm jetzt einfach mit mir mit!"

„Ich möchte ja. Aber ich kann nicht!"

Schweißtropfen standen plötzlich auf seiner Stirn. Und sein Gesicht verzerrte sich.

„Ich weiß nicht, was mit mir los ist, Kirsten. Ich will nur zu gern bei dir sein. Doch ich kann nicht ... ich, ich kann es einfach nicht!"

„Sven, was ist mit dir passiert? Ich habe Angst." Kirsten umarmte ihn. Er hielt sie fest. Sie weinte.

Anke hielt es nicht mehr aus. Der Glimmer entglitt ihren Fingern. Sie stürzte zur Tür, rannte fort.

Zu Hause warf sie sich aufs Bett und weinte. Und wie Kirsten dachte sie: Was ist passiert? Das habe ich doch nicht gewollt. Ich kann doch wirklich nichts dafür.

Eine boshafte kleine Hexe!

Wie das zog und zerrte im Leib. Und ihr Herz, fühlte sich das nicht seltsam hart an? O ja, sie hatte ihn gewollt, den grünen Stein. Sie hatte sich doch gewünscht, Sven würde wieder ihr gehören.

Es war schon dämmrig im Zimmer. Sie machte Licht und schaute das grüne Herz aufmerksam an. Sie erschrak. Svens Gesicht in diesem Stein hatte sich deutlich verändert. Es war schmal, die Wangen waren eingefallen. Unter seinen Augen lagen tiefe Schatten. Und vor allem, es wirkte gequält.

So schlimm steht es aber doch gar nicht um Sven! Dieses Bild zeigt nicht die Wahrheit!

Aber wenn es mir vielleicht die Zukunft zeigt?

Ihr wurde heiß. Sie mußte etwas unternehmen, mußte alles wiedergutmachen, sofort! Aber wie nur? Konnte sie denn Svens Gesicht aus diesem Stein herauslösen?

Anke griff zu einem Messer. Aber nein. Die Linien wegzuschaben war bestimmt unmöglich. Und es würde auch nichts nützen.

Sollte sie das Herz an den Fluß zurückbringen? Es dort ins Wasser werfen ... Aber dieser Stein trug Svens Gesicht in sich. Sie hatte gar kein Recht, ihn einfach wegzuwerfen.

Plötzlich verstand sie. Natürlich! Dieser Stein gehörte eigentlich nicht ihr. Er gehörte Sven. Er war ein Teil von ihm. Das mußte sie ihm zurückgeben.

Sie atmete auf. Vorsichtig hüllte sie das grüne Herz in ein Stück Tuch ein. Was sie Sven sagen sollte, wußte sie noch nicht. Sie konnte ihm einen Stein schenken, ohne etwas erklären zu müssen. Doch er würde sein Gesicht darin erkennen. Dann mußte sie alles gestehen. Anke seufzte. Es war sehr unangenehm. Aber es mußte sein.

Draußen war es nun fast dunkel. In Svens Zimmer im Erdgeschoß brannte Licht. Sie sah ihn und Kirsten auf der Klappcouch sitzen. Sie hielten die Köpfe gesenkt und saßen dicht beieinander.

Ankes Miene verfinsterte sich. Nein, solange diese Kirsten bei ihm war, würde sie nicht hineingehen! Aber irgend etwas hielt sie vor dem Fenster. Diese beiden da, die paßten zueinander. Die hatten sich wirklich sehr gern. Und Kirsten sah jetzt auch gar nicht wie eine Rockerbraut aus. Einfach nur wie ein trauriges Mädchen.

Langsam ging Anke ins Haus.

Als sie ins Zimmer trat, schauten die beiden auf. Sie las Abwehr aus ihren Gesichtern.

„Ich wollte dir bloß etwas bringen." Sie reichte Sven den eingehüllten Stein.

Er schlug das Tuch zurück. „Oh!" rief er erstaunt aus.

Anke hielt den Atem an.

„Was für ein Stein! Wo hast du den denn gefunden?"

„Am Fluß."

„Schau mal, Kirsten, wie schön! Aber was ist das eigentlich? Ein Moosachat?"

Sie zuckte die Schultern. Sie hatte keinen Moment dran gedacht, den Stein bestimmen zu wollen.

„Es könnte ein Moosachat sein", sagte Sven. „Aber gibt es die hier in der Gegend?"

„Jedenfalls gehört er dir", erklärte Anke.

„Wirklich? Das ist lieb von dir."

Sven schaute sie erfreut an. In seinen Wangen war Farbe. Aber Kirsten neben ihm blieb steif und suchte mißtrauisch Ankes Blick.

Sven merkte das und stutzte.

„Du, Anke", sagte er ernst. „Ich möchte gern, daß der Stein mir und Kirsten gemeinsam gehört."

Sie schluckte. „Das kannst du doch halten, wie du willst."

In Kirstens Augen trat ein Leuchten. „He, Anke!" sagte sie leise. „Du bist ja doch ein nettes Mädchen."

Anke zog vor Verlegenheit eine Grimasse. Bemerkte denn keiner die Zeichnung in dem Stein? Sie selbst konnte sie kaum erkennen, doch für sie stand sie ja auf dem Kopf.

Lebhaft drehte Sven den Stein in seinen Händen. „Diese Maserung! Und dazu diese Form! Du zeigst mir doch die Fundstelle?"

„Ich glaube nicht, daß ich sie wiederfinden kann."

Kirsten blickte von Anke zu Sven. „Du, geht es dir wieder besser?"

„Ja", sagte er fast erstaunt.

Anke beugte sich zu ihm. „Darf ich den Stein bitte noch einmal ansehen?"

„Aber natürlich, Anke."

Sie wandte sich ab, hielt den Stein unter die Lampe. Da waren Linien, mal gerade, mal geschwungen. Spitzen und Kreise waren da, ein feines Netz, dunkel auf hellerem Grün. Doch wie sorgfältig Anke auch suchte, sie entdeckte in den Linien kein Gesicht.

Harald Parigger

Lackier den Mond doch einfach grün!

„Autsch!“ Claudia stöhnte leise und stützte sich einen Moment auf beide Hände, um ihr schmerzendes Knie zu entlasten.

Hätte sie sich wenigstens ein Kissen mitgebracht! Asphalt auf dem Schulhof, das war sowieso das letzte. Häßlich, umweltschädlich und verdammt hart.

Claudia nahm seufzend den dicken Fettstift aus dem Mund, zog mit den Zähnen die Kappe ab und machte mit ihrer lästigen Arbeit weiter.

Sie kniete vor einem langen Transparent aus wetterfester weißer Folie, auf das sie mit riesigen schwarzen Buchstaben schrieb: „Rauchen ist ätzend.“

Mit dieser Aktion lief es wie immer. Alle redeten, waren sich einig: „Man müßte was tun“, hatte Andreas, der Klassensprecher, gesagt, als sie im Deutschunterricht über die Folgen des Rauchens diskutierten.

„Müßte." Das war die Möglichkeitsform. Die meisten Leute, die Claudia kannte, waren bloß wandelnde Möglichkeitsformen. Sie sagten ständig: „Ich müßte, ich könnte, ich würde, ich sollte", aber wenn man mal sagte: „Dann mach doch!", dann folgte immer das Wörtchen „aber".

Genauso war es diesmal. „Ich würde dir ja wahnsinnig gern helfen", hatte Andreas, der Oberschlaffi, erklärt, als sie mit ihrem Plan rausgerückt war, „aber..." Und dann hatte er irgendwas von Matheaufgaben gefaselt. Jetzt lag er bestimmt längst am Strand, bräunte seinen edlen Körper und schielte in alle Richtungen, ob nicht irgendwo ein Mädchen das Bikinioberteil ausgezogen hatte. Bei den anderen war es ähnlich gewesen. Sie hätten ja so gern, aber leider, leider ging es nicht.

Doch so schnell gab Claudia nicht auf. Beim Kampf gegen das Rauchen sowieso nicht. Schließlich wußte sie, wovon sie redete, auch wenn sie noch nie eine Zigarette angerührt hatte. Denn ihre Eltern qualmten beide wie ein Kohlekraftwerk. In allen Räumen zu Hause hing der blaue Dunst, und das Gehuste morgens im Bad – zum Fürchten.

Ihr Vater hatte außerdem zu hohen Blutdruck und ihre Mutter Magenbeschwerden. Alles wegen der Raucherei!

Claudia hatte also beschlossen, allein was zu unternehmen, damit an der Schule nicht mehr so viel gequalmt würde. Wenigstens da nicht.

Sie hatte sich vom Direktor die Erlaubnis geholt, vom Kunstlehrer Folie, Fettstift und was sie sonst noch so brauchte. Und dann hatte sie sich, anstatt an den Strand zu gehen, an die Arbeit gemacht. Jetzt nickte sie befriedigt. Das erste Transparent war fertig. Sie falzte die Ränder ein paarmal, machte an jeder Ecke einen Kreuzschnitt und zog jeweils ein Stück Schnur durch. Nun mußte sie es bloß noch zwischen die Stämme der beiden Linden spannen, die in der Mitte des Schulhofs standen, und jeder mußte es sehen: „Rauchen ist ätzend!“

Claudia wollte sich gerade aufrichten, als eine Stimme sagte: „Das bringt's voll. Spitzenidee, echt wahr.“ Dabei klang die Stimme ein bißchen spöttisch, und genau das war es, was Claudia im Turbotempo auf hundertdreißig brachte.

Sie kriegte es fertig, gleichzeitig hoch- und herumzufahren, und starrte den Besitzer der Stimme wütend an. Der lehnte lässig an der sonnendurchwärmten Hauswand. Er war mittelgroß, kräftig gebaut und vielleicht ein, zwei Jahre älter als sie selbst. Er hatte kurzes rotblondes Haar und ganz hellblaue Augen in einem freundlichen, sommersprossigen Gesicht.

Aber Claudia sah bloß eins: Der Typ, das war echt der Gipfel, zog an einer Zigarette, Marke „Selbst gedreht, Geld gespart“, wölbte die Unterlippe vor und blies genüßlich den Rauch aus. Dabei schaute er, als ob er sich nur mit Mühe das Lachen verkneifen konnte.

Claudia kam die Galle hoch. „Sag mal, hat dein Gentechniker versagt?“ fauchte sie. „Findest du das witzig, oder kannst du bloß nicht lesen?“

„Nicht besonders gut“, antwortete der Junge und grinste, „aber bei den großen Buchstaben schaffe ich es gerade noch.“ Er wurde ernst. „Bloß, also ich finde das nicht gerade erste Sahne, was du da machst. Glaubst du, das ändert was? Stell dir mal vor, du marschierst ins nächste Kriegsgebiet, mit einem Schild auf dem Rücken ‚Schießen ist blöd!' Meinst du, daß die dann damit aufhören?"

Claudia wollte ihm erst antworten, daß sie genau das tun würden, aber dann stellte sie sich vor, wie das aussähe, wenn sie, Claudia Hoffmann, hundertfünfundsechzig Zentimeter groß, zwischen Maschinengewehren und Granatwerfern rumhüpfen würde, mit einem Schild: Schießen ist blöd!

„Red keinen Quatsch", sagte sie deshalb nur, „das ist doch völlig was anderes!"

„Ist es nicht", beharrte der Junge. „Kein Schwein hört mit dem Qualmen auf, bloß weil auf dem Fetzen da steht, daß Rauchen ätzend ist. Nee, ganz im Gegenteil. Wer das liest, dem fällt erst ein: Mensch, 'ne Zigarette, das wär jetzt echt super!"

„Ach, wirklich?" Claudia stemmte die Hände in die Hüften. „Was soll man denn dann deiner Meinung nach unternehmen, wenn man was ändern will?"

Der Junge zuckte die Achseln. „Nichts. Man kann sowieso nichts ändern."

Jetzt war es Claudia, die grinste. „Wenn man sowieso nichts ändern kann, warum hast du mich dann überhaupt angequatscht?"

Der Junge sah verlegen zu Boden. „Och, ich dachte, es wäre 'ne gute Gelegenheit, mit dir mal 'ne Cola trinken zu gehen", meinte er dann.

„Auch eine Methode", sagte Claudia und fügte hinzu: „Okay, einverstanden, aber erst hilfst du mir, dieses affen-

12 4831-14

scharfe Transparent aufzuhängen, und ich flüstere dir, in zehn Tagen raucht hier kein Mensch mehr. Wie heißt du eigentlich?"

„Florian", erwiderte der Junge. „Florian Stallmann, Klasse 10a des Schillergymnasiums. Und du bist Claudia Hoffmann, Klasse 9c derselben hochwürdigen Anstalt."

„Na, du bist ja irre gut informiert", murmelte Claudia und spürte, wie sie rot wurde. Was der wohl wollte? Sie beschloß, später darüber nachzudenken und hängte mit dem Jungen das Transparent zwischen die Bäume.

Eine halbe Stunde später, als die beiden auf der Terrasse eines nahe gelegenen Cafés saßen und ihre Cola schlürften, fragte Claudia: „Du, das vorhin, das hast du doch nicht so gemeint, oder? Das mit ‚Man kann sowieso nichts ändern!'"

Florian sah vor sich hin und knabberte an seinem rechten Daumen. „Klar, hab ich das so gemeint", erwiderte er. „Nichts kann man ändern! Alles ist so, wie's ist."

„Aber das ist doch Megablödsinn!" rief Claudia und war schon wieder auf hundertdreißig. „Denk doch bloß mal ans Rauchen! Du rauchst, und irgendwann stinkt's dir, und dir fällt ein, wieviel Kohle du investierst und wieviel Kohle du in deiner Lunge speicherst, und du sagst einfach: ‚Jetzt laß ich's!' Dann läßt du's. Null Problem. Und schon hast du was geändert. So ist es mit allem. Also sag nicht, man kann nichts ändern. Man muß bloß wollen."

Sie holte tief Luft, denn sie hatte mal wieder das Atmen vergessen.

„Mann, du trittst aber schnell aufs Gas", sagte Florian und sah sie an. Ziemlich lange, fand sie, und irgendwas war in seinen blauen Augen, sie wußte nicht genau, was es war, aber sie sah vorsichtshalber schnell weg. Florian nestelte an der Tasche seines T-Shirts und zog ein Päckchen Tabak heraus. Gerade wollte er es öffnen, da hörte er Claudias vorwurfsvolles Räuspern, schaute verlegen und steckte es wieder ein.

„Ich seh das anders", fuhr er dann fort. „Ich erzähl dir mal 'n Beispiel. Wir sind zu fünft. Meine Alten, ich und Martin und Sandra, die sind Zwillinge und sieben Jahre alt. Totales Chaos bei uns, den ganzen Tag, das kann ich dir flüstern. Die Riesenvilla, in der wir wohnen, hat nämlich bloß drei Zimmer. Das Schlafzimmer, wo meine Alten pennen, Wohnzimmer, da darf man fast nie rein, weil, also könnte ja dreckig werden, und unser Zimmer."

„Was meinst du mit ‚unser Zimmer'?" fragte Claudia erstaunt. „Soll das heißen, ihr habt zu dritt bloß ein Zimmer?"

„Genau das. Die blanke Hölle, sag ich dir. Drei Betten, drei Stühle, ein Tisch, Kleiderschrank und ungefähr zwanzig Kisten mit Spielzeug. Dazwischen die beiden Chaoten. Und ich. Nee, echt, die blanke Hölle.

Jetzt stell dir vor: Hausaufgaben. In unserer Bude, da läuft nichts. Wohnzimmer: total tabu. Bleibt die Küche. Bis kurz vor vier, dann kommt mein Alter nach Hause.

Wenn ich bis dahin nicht fertig bin, ist alles zu spät. Er ist meistens bis unter die Haarwurzeln geladen, nach acht Stunden Job, und will bloß noch eins: sich vor die Glotze setzen und ein Bier trinken. Wehe, du machst ihn an und sagst: ‚Ich muß Hausaufgaben erledigen. Könntest du den Flimmerkasten noch mal ausmachen?' Dann geht er in die

Luft, sag ich dir. Mindestens so wie du vorhin.

Und weißt du, dann stinkt's mir. Dann hab ich's echt dick. Daß die Alten so schuften und daß trotzdem nicht mehr rausspringt als 'n Dreizimmerhaus, 'n Videorecorder und alle fünf Jahre 'n neues Auto.

Aber wenn ich sag: ‚Ich will nicht so total frustriert nach Hause kommen, ich will mal 'nen besseren Job als du und ein Haus mit 'nem eigenen Zimmer für jeden, deshalb laßt mich in Ruhe meine Hausaufgaben machen', dann geht der Krach erst richtig los. Deshalb sag ich gar nichts. Ändern kannst du ja doch nichts, denk ich mir. Ich geh in den Garten und zieh mir 'ne Fluppe rein.

Damit will ich nicht aufhören, kapierst du das? Ich find das wahnsinnig gut, daß ich wenigstens in den Garten rausgehen und eine rauchen kann!"

Entschlossen griff Florian in die Tasche seines T-Shirts, zog Tabak und Papier heraus und drehte sich eine Zigarette. Dann zündete er sie an und rauchte.

Claudia sah ihm nachdenklich zu.

Drei Geschwister in einem Raum, das durfte ja wohl nicht wahr sein! Sie dachte an ihr eigenes Zimmer, mit Bett und Sofa, Schreibtisch, Fernseher und Stereoanlage. Einen Moment lang hatte sie fast so was wie ein schlechtes Gewissen. Aber dann sagte sie: „Ich versteh das. Das mit dem Rauchen, mein ich. Aber deswegen ist es trotzdem nicht richtig. Man kann immer was ändern. Dein Vater kann versuchen, einen besseren Job zu finden. Deine Mutter kann den Fernseher ins Wohnzimmer stellen, damit du ungestört in der Küche sitzen kannst. Und so weiter. Aber zu denken: Ich nehm mir meine Freiheit, indem ich in den

Garten geh und rauch; das ist echt falsch. Darum bleibt ja immer alles, wie es ist!"

„Ach, glaub doch, was du willst!" fuhr Florian sie heftig an und schnippte wütend die halbgerauchte Zigarette auf die Straße.

Getroffen und verlegen spielte Claudia mit ihrem Glas, senkte den Blick und zählte die roten Tupfen auf der weißen Plastikdecke. Was hatte sie jetzt falsch gemacht? Sollte der Typ sie doch in Ruhe lassen, wenn er ihre Meinung nicht hören wollte!

Plötzlich faßten seine Hände nach den ihren, die immer noch das Colaglas hielten. Sie schaute hoch und sah direkt in Florians blaue Augen.

„Tut mir leid", sagte Florian. „Tut mir echt leid. Ich bin 'n bißchen jähzornig. Hab ich von meinem Alten. Und was mein Zuhause betrifft, da bin ich total empfindlich. Weil ... also, das ist echt nicht einfach, weißt du. Bist du noch böse?"

„Nein, schon gut", erwiderte Claudia. „Und jetzt kannst du mich ruhig wieder loslassen."

Florian zog seine Hände zurück, als ob er an eine heiße Herdplatte gefaßt hätte.

Nach einer peinlichen Pause guckten sie sich an und mußten plötzlich lachen. Dann bestellten sie jeder noch eine Cola und redeten über alles, was ihnen gerade so einfiel, bis Florian auf einmal sagte: „Mensch, jetzt muß ich echt nach Haus, ich hab meiner Mutter versprochen, ihr beim Himbeerpflücken und Einkochen zu helfen. Genau das, worauf ich jetzt Bock hab, aber sie wartet auf mich."

Claudia war ein bißchen enttäuscht. Sie hätte gern noch

weiter hier mit ihm gesessen. Es war noch nicht mal fünf, und irgendwie tat es unheimlich gut, mit ihm zu reden. Außer, wenn's darum ging, was zu ändern…

Sie sah ihn an und merkte, daß sie schon wieder rot wurde. Schnell sagte sie: „Macht nichts. Wir sehen uns ja vielleicht morgen in der Schule. Das heißt, wenn ich morgen Zeit habe, also, ich weiß noch nicht…“.

Florian erwiderte nichts, sondern rief bloß nach der Bedienung. Dann wollte er alle vier Colas zahlen.

„Keine Chance!“ wehrte Claudia ab und dachte an die drei Geschwister in einem Zimmer. „Jeder zwei!“

Also zahlte jeder zwei Colas, und die Bedienung verschwand wieder.

Als sie beide aufgestanden waren und ein bißchen unsicher nach dem richtigen Abschiedswort suchten, trat Florian plötzlich auf Claudia zu, und ehe sie wußte, wie ihr geschah, nahm er ihr Gesicht zwischen beide Hände. „Du kannst alles ändern, was du willst, Claudia“, sagte er leise. „Aber du bleibst, wie du bist, okay?“ Dann ließ er sie los und trabte davon, ohne sich umzusehen.

Claudia starrte ihm hinterher. Ein ulkiger Vogel! Aber irgendwie wahnsinnig sympathisch. Obwohl – stur wie ein Wasserwerfer schien er zu sein. Und dann diese Einstellung, alles muß so bleiben, wie es ist, weil man sowieso nichts machen kann, die war total ätzend.

Claudia schlenderte weiter in der warmen Spätnachmittagssonne. Immer wieder strich sie sich über die Wangen. Das war schön gewesen, seine Hände im Gesicht zu fühlen. Ganz behutsam waren sie gewesen, aber auch fest. Claudia stellte sich vor, wie es wohl wäre, Hand in Hand mit ihm am Strand entlangzulaufen, immer weiter, bis dahin, wo Erde, Wasser und Sonne eins wurden und es nichts gab außer...

Sie blieb stehen und schüttelte energisch den Kopf. Blöde Träumerei!

Natürlich trafen sich Claudia und Florian am nächsten Tag in der Schule. Claudia bemühte sich zwar krampfhaft, in der großen Pause mit total gleichgültigem Gesicht über den Hof zu spazieren, aber aus den Augenwinkeln beobachtete sie unentwegt die Tür, die aus der Turnhalle ins Freie führte. „Rein zufällig" hatte sie vorher im Sekretariat rausgekriegt, daß die Klasse 10a vor der Pause Sport hatte.

Kaum hatte sie Florian erspäht, stellte sie sich so hin, daß er direkt an ihr vorbeimußte, und tat so, als ob sie völlig in Gedanken versunken wäre.

Als sie seine Stimme hörte: „He, Claudia", sagte sie erstaunt: „He, wo kommst du denn her, ich hab dich gar nicht gesehen!"

Aber als sie ihm in die Augen schaute und merkte, wie er sich freute, hörte sie sofort auf mit dem albernen Getue. Sie lächelte ihm zu und sagte: „Okay, gehn wir ein Stück zusammen?"

Sie steuerten auf Claudias Glanzstück zu, das Transparent zwischen den Bäumen. Irgendein Witzbold hatte mit einer Zigarette lauter kleine Löcher hineingebrannt, in Form eines Herzchens, und ein paar Zigarettenschachteln drangeklebt.

„Satz mit x: War wohl nix!" feixte Florian, aber als er

Claudias finsteres Gesicht bemerkte, fügte er schnell hinzu: „Mach dir nichts draus, du kannst es ja noch mal mit 'ner anderen Methode probieren."

Wenigstens für etwas war das große Transparent gut, man konnte sich dahinter relativ ungestört unterhalten und ein bißchen näher zusammenrücken, und es kam nicht alle paar Sekunden irgendein blöder Typ vorbei, der alberne Bemerkungen über „Händchenhalten in der Schule" machte.

So begann die Freundschaft zwischen Claudia und Florian, und bald wußte die halbe Schule, daß sie miteinander gingen.

Claudia fühlte sich unheimlich geborgen bei Florian.

Auch an seine Eigenheiten gewöhnte sie sich. An seine komische Art zu reden, so kurz angebunden und nicht gerade besonders elegant. An seine Gewohnheit, erst fünfmal nachzudenken, bevor er den Mund aufmachte. An seine plötzlichen Zornesausbrüche, die immer ganz schnell vorbei waren.

Sie fand sich sogar damit ab, daß er eigentlich wahnsinnig schüchtern war. Denn seit er sie auf dem Schulhof angesprochen hatte, war außer Händchenhalten und in die Arme nehmen nichts passiert. Nicht mal ein Kuß. Aber okay, wenn die Gelegenheit günstig war, dann würde sie eben selbst die Initiative ergreifen.

Nur an eines konnte sie sich überhaupt nicht gewöhnen: daß er sich immer mit allem abfand.

Wenn er einen Aufsatz zurückkriegte, der total ungerecht benotet war, dann grinste er bloß, aber machte keinen Zoff.

Wenn sein Vater am Wochenende Schwarzarbeit machte, und er mußte mitgehen, dann tat er es. Ohne ein Wort zu sagen.

Und wenn sie Florian voller Begeisterung erzählte, was sie unbedingt anleiern wollte, oder wenn sie mit etwas überhaupt nicht einverstanden war und ihn fragte, was man tun könnte, dann hörte sie immer bloß denselben blöden Spruch: „Wann kriegst du endlich mal spitz, daß man nichts ändern kann!"

Da war sie jedesmal nahe dran, an die Decke zu gehen.

Kurz vor den Sommerferien, vier Wochen, nachdem sie sich kennengelernt hatten, wäre deshalb um ein Haar alles aus gewesen.

Claudia hatte am frühen Abend einen Bericht im Fernsehen angeschaut, über Kinder in der Dritten Welt, die ihren Eltern für ein paar Dollar abgekauft und dann an reiche kinderlose Europäer und Amerikaner verschachert wurden. Das durfte nicht wahr sein! Claudia war echt erschüttert. Sie mußte unbedingt mit jemandem darüber reden. Ihre Eltern waren wieder mal nicht da, also bestieg sie ihr Rad und fuhr zu Florian.

Er wohnte in einer Siedlung, die vor Jahrzehnten von den Inhabern einer Fabrik für ihre Arbeiter errichtet worden war. Sie bestand aus lauter winzigen Häuschen mit einem Flecken Garten drumrum.

Als sie ankam, sah sie Florian auf dem Gehsteig stehen, einen Eimer Farbe neben sich und einen Pinsel in der Hand. Er war gerade dabei, den Gartenzaun grün zu streichen.

Plötzlich kriegte sie eine Wahnsinnswut.

Hatte er nicht auch mal frei? Warum ließ er sich schon wieder einspannen? Warum konnte er nicht *einmal* sagen: Ich möchte jetzt mal das und das machen, ich werde jetzt mal ein paar Dinge abstellen, die mir schon lange auf den Geist gehen, und ihr könnt mich alle mal!

Aber er war eben Florian, der nette Junge, der das Leben so nahm, wie es kam.

Claudia schluckte ihren Zorn runter, so gut sie konnte, legte eine Vollbremsung hin und rief: „Hallo!"

Florian fuhr erst zusammen, daß ihm fast der Pinsel aus der Hand gefallen wäre, aber dann rief er begeistert: „Mensch, toll, daß du mal vorbeischaust. Hab dich überhaupt nicht kommen sehen. Bin nämlich gerade dabei, den Zaun zu streichen!"

„Das seh ich ja wohl", erwiderte Claudia spitz.

Florian nickte verstehend mit dem Kopf. „Aha", meinte er, „Laune unter Null!"

Jäh brach Claudias mühsam gewahrte Beherrschung wieder zusammen. „Laune unter Null!" äffte sie Florian nach. „Meine Laune war prima, bis ich hierherkam und mitkriegte, daß du schon wieder irgendeine blödsinnige Drecksarbeit machst. Meinst du nicht, daß ich es toll fände, wenn wir abends mal was zusammen unternehmen? Aber immer ist irgendwas anderes los. Entweder du mußt die lieben Gören hüten oder deiner Mutter helfen oder blablabla, was weiß ich. Und heute streichst du diesen dämlichen Zaun! Ich will dich auch mal für mich haben!"

„Na, nun krieg dich wieder!" erwiderte Florian ruhig. Er legte den Pinsel über den Farbtopf und streichelte leicht ihren Arm. „Hör mal zu. Meine Eltern sind mit Martin und Sandra 'n paar Tage weggefahren. Hatten die echt nötig, sag ich dir. Na, und mein Alter hat eben gemeint, ich soll Haus und Garten 'n bißchen in Ordnung bringen. Und den Zaun streichen. Na ja, mach ich das eben. Macht ja sonst keiner."

„Genau!" rief Claudia, aber ehe sie mit Teil zwei ihrer Schimpfkanonade loslegen konnte, wurde sie von Florian unterbrochen.

„Wart 'n Moment", rief er, rannte ins Haus und kam bald darauf mit einer Riesenflasche Cola, zwei Gläsern und einem Stuhl zurück.

„Setz dich", sagte er und goß ein.

Während Claudia verdrossen dahockte und ab und zu an ihrer Cola nippte, strich er weiter den Gartenzaun.

Er versuchte ein paarmal, so was wie eine Unterhaltung anzufangen, aber gegen Claudias miese Stimmung kam er nicht an. Sie hatte völlig vergessen, daß sie eigentlich gekommen war, um mit ihm über den Kinderhandel in der Dritten Welt zu reden. Sie saß bloß da und nörgelte sich ihren Frust über Florian von der Seele.

Sie meckerte über die Rosen im Garten: „Die stehn ja in Reih und Glied. Wie Zinnsoldaten." Sie machte sich über das Haus lustig: „Also echt, groß ist es ja nicht, dafür ist es aber wenigstens auch nicht schön."

Sie war so richtig ekelhaft, und sie wußte, daß sie das war. Tief drin in ihr war eine Stimme, die sagte: Mensch, du bist gemein. Was kann denn er dafür, daß nicht alles so läuft, wie du dir das vorstellst? Du bist sauer, weil deine Eltern dauernd weg sind. Dir stinkt's, wenn irgendwo auf der Welt Riesenschweinereien passieren, und du kannst nichts dagegen tun. Dich nervt es, wenn du dir was in den Kopf gesetzt hast und es nicht durchkriegst. Und deinen ganzen Frust läßt du an *ihm* aus, bloß, weil er anders ist als du und andere Probleme hat. Geht man so mit jemandem um, in den man verliebt ist?

Claudia fand sich selbst zum Kotzen, aber sie schaffte es nicht, auf die Stimme zu hören.

Wenn sie genauer aufgepaßt hätte, hätte sie gesehen, daß Florians Augen schmal und dunkel wurden, daß er nicht mehr lachte und, wenn überhaupt, nur einsilbige Antworten gab.

Inzwischen war die Sonne fast untergegangen. Das letzte rotglühende Feuerband verschwand hinter dem Horizont. Noch war es hell, und der Himmel war unglaublich klar. Direkt über dem Haus stand der Mond, fast durchsichtig und zartgelb sah er aus.

„Unheimlich schön, findest du nicht?“ sagte Florian leise und hörte auf zu streichen. Aber bei Claudia war diesmal alles umsonst.

„Ja, unheimlich toll!“ rief sie. „Beim Zaunstreichen den Mond anschauen! Ich sag dir was: Ich find überhaupt nichts schön! Mir paßt es nicht, daß du den Zaun streichst, mir paßt es nicht, daß der Mond rund ist und daß er gelb ist, schon gar nicht!“

Mit drei schnellen Schritten war Florian bei ihr und hielt ihr den tropfenden Pinsel entgegen. „Dann ändere es doch, du alberne Gans!“ rief er wütend. „Lackier den Mond doch einfach grün!“

Ehe sie wußte, was sie tat, hatte sie ihm den Pinsel aus der Hand gerissen und war damit ein paarmal über Florians Gesicht gefahren. Dann warf sie ihn fort, rannte auf die Straße, bestieg ihr Rad und sauste davon.

Zu Hause ließ sie das Rad einfach im Vorgarten fallen, stürmte die Treppe hinauf, schloß die Wohnungstür auf, donnerte sie wieder zu, lief in ihr Zimmer, warf sich aufs Bett und heulte.

Als sie Florian am nächsten Tag auf dem Schulhof stehen sah, lief sie rasch auf ihn zu. Sie hatte den Mist gebaut, sie mußte den ersten Schritt tun, das war ihr klar.

Aber als sie Florians Gesicht sah, wußte sie sofort, daß es keinen Zweck hatte. Sein Mund war ein Strich, die Bakkenknochen traten hervor, so fest biß er die Zähne zusammen, und seine Augen waren blankes Eis. Ihr trotzdem hervorgestottertes: „Ich... entschuldige, wegen gestern, meine ich...“ hörte er nicht mal an. Er machte eine verächtliche Handbewegung, wandte sich ab und ging. Claudia sah, daß ein paar seiner rotblonden Haare noch mit grüner Farbe verklebt waren.

Verdammt! Ob sie das wohl jemals wieder in die Reihe kriegen würde?

Ich schreibe ihm einen Brief, dachte sie. Nein, so wie er ausgesehen hat, zerreißt er ihn, bevor er ihn gelesen hat. Ich besuch ihn zu Hause. Und wenn er mich rausschmeißt? Ich ruf wenigstens an. Aber was kann man am Telefon schon sagen? Und vielleicht ist seine Mutter dran, und er weigert sich, mit mir zu reden.

Schließlich faßte sie einen Entschluß, bei dem sie sich wirklich selbst verleugnete, und sie setzte ihn auch gleich in die Tat um.

Nach der Schule kaufte sie zwei Päckchen von Florians Lieblingstabak und dazu feinstes ägyptisches Zigarettenpapier. Eine Schachtel Filter kaufte sie auch noch dazu, so war das Zeug wenigstens nicht ganz so giftig.

Das wollte sie ihm am nächsten Tag in der Schule geben, so als „Guck mal, ich geb mir echt Mühe, tolerant zu sein", und dazu einfach sagen: „Bitte red wieder mit mir."

Sie band zu Hause alles mit einer grünen Schleife zusammen und war am Morgen eine halbe Stunde eher in der Schule, um Florian auf jeden Fall abzufangen.

Aber er kam nicht, er blieb einfach weg. Claudia stand geschlagene fünfunddreißig Minuten am Schultor, mit ihrem Päckchen in der Hand, und kam sich reichlich blöd vor.

Mit hängenden Schultern ging sie ins Klassenzimmer, nahm wortlos den Anpfiff fürs Zuspätkommen entgegen und setzte sich auf ihren Platz. Was war bloß los mit ihm? Hatte er sich das mit ihr so zu Herzen genommen, daß er jetzt krank war? Quatsch! Oder doch?

Claudia fühlte sich miserabel. Sie merkte, wie unheimlich gern sie Florian mochte, sie vermißte seine Ruhe, sein Lachen, seine Großzügigkeit. Klar, er war anders als sie, total anders, aber trotzdem, sie hatte wahnsinnig Sehnsucht nach ihm.

Am Nachmittag rief sie bei ihm zu Hause an. Sie wollte sofort auflegen, wenn sich jemand meldete, bloß aus der Stimme heraushören, ob alles in Ordnung war, aber es hob niemand ab.

Sie versuchte noch mal, ihn am nächsten Morgen vor der Schule zu treffen. Das Päckchen mit der grünen

Schleife hatte sie in einer Tüte versteckt. Aber er kam wieder nicht.

Am dritten Tag hielt sie es nicht mehr aus. Sie lief in der großen Pause in die 10a und fragte: „Habt ihr 'ne Ahnung, was mit Florian los ist?"

Ein langer, dünner Junge mit Pickelgesicht antwortete erstaunt: „Was, du weißt das nicht? Ich dachte..." Sein Gesicht verzog sich zu einem verständnisvollen Grinsen. „Ach so, ich kapiere! Ihr habt wohl 'n kleinen Ehekrach gehabt, was?" Einige der anderen Jungen lachten.

„Hört auf, so dämlich zu grinsen!" fauchte Claudia sie wütend an. „Sagt mir lieber, was los ist!"

Der Picklige biß sich auf die Lippen. „Ja, weißt du", begann er zögernd, „seine Eltern haben verdammtes Pech gehabt... 'n Unfall gebaut... Jedenfalls sind beide im Krankenhaus, und Florian muß Hausmann und Babysitter spielen!"

Claudia hätte heulen können vor Mitleid. Sie sagte nur noch: „Okay, danke", gab, als ihr der Dünne mit den Pikkeln nachrief: „Dann kümmer dich mal um ihn", ein kurzes „Ja, ja" zurück und verdrückte sich in die ruhigste Ecke des Schulhofs.

Das war ja gräßlich! Der arme Kerl! Jetzt war es aber höchste Zeit, was zu unternehmen.

Sofort nach dem Essen radelte sie bei ihrer Freundin Katja vorbei. „Du mußt was für mich tun", sagte sie und erklärte, worum es ging. Katja war einverstanden, und die beiden Mädchen fuhren gemeinsam zu dem kleinen Haus mit dem Handtuchgarten und dem frisch gestrichenen grünen Zaun.

Als sie durch die Gartenpforte gingen, öffnete sich die Haustür und Florian kam heraus.

„Was wollt ihr denn hier?“ fragte er sichtlich verlegen und nahm schnell die Schürze ab, die er um den Bauch gebunden hatte. Er war blaß und hatte Schatten unter den Augen.

„Du mußt hier mal raus“, sagte Claudia energisch. „Katja kümmert sich um die Kinder. Und das hier“, sie hielt ihm den Tabak mit der grünen Schleife entgegen, „ist für dich. Aber nur, wenn du sofort mitkommst.“

„Für mich? Tabak? Von dir?“ fragte Florian und strahlte plötzlich, so daß Claudia ihn am liebsten sofort in die Arme genommen hätte, aber sie traute sich noch nicht.

„Okay, ich komme!“ Er rief ins Haus: „Martin, Sandra, laßt euch mal sehen!“ Man hörte es poltern und krachen, und dann tobten zwei Blondschöpfe, die sich ähnelten wie ein junger Dackel dem anderen, durch die Tür ins Freie.

„Katja hier wird jetzt ein paar Stunden auf euch aufpassen, daß ihr mir ja nicht muckst, verstanden?“

„Bloß, damit du mit der Kleinen da schmusen gehen kannst“, murrte einer der beiden, die Claudia nicht mal bis an die Brust reichten.

Florian wurde feuerrot vor Verlegenheit, aber Katja rettete die Situation. „Also ich gehe jetzt erst mal ins Haus“, sagte sie schnell, „und meine Freunde, die Gummibärchen, auch.“ Dabei schwenkte sie eine große Tüte. Dann ging sie hinein, und die Zwillinge stürmten hinter ihr her.

Florian und Claudia sahen sich an. Keiner wußte so recht, was er sagen sollte.

Schließlich meinte Claudia entschlossen: „Okay, fahren wir erst mal los!“

Daß der Himmel so aussah, als würde es jeden Augenblick zu regnen anfangen, erwähnte sie nicht, und Florian schien es nicht zu bemerken. Hauptsache, wir sind erst mal unterwegs, dachte sie. Ein paar Tropfen bringen uns nicht um.

Also radelten sie los. Einträchtig nebeneinander, wenn es ging, aber schweigend. Eine gute halbe Stunde lang blieb es tatsächlich bei ein paar Regentropfen, aber dann wurde ein Dauernieseln daraus, und schließlich regnete es Bindfäden. Die beiden wurden naß bis auf die Haut, aber sie strampelten weiter, als ob sie überhaupt nichts davon merkten.

Endlich fragte Florian: „Sag mal, ich weiß, ist 'ne blöde Frage, aber wohin wollen wir eigentlich?“

Claudia schaute zu ihm rüber. War er wieder sauer? Nein, er sah zwar aus, wie aus dem Wasser gezogen, aber er schien bester Laune zu sein.

„Eigentlich an die See“, antwortete sie, „aber das ist jetzt wohl überflüssig!“

Florian lachte, und sie traten in die Pedale, als ob sie einen Preis dafür kriegten. Der Regen wurde immer stärker, und der Feldweg, auf dem sie fuhren, verwandelte sich allmählich in eine Schlammpfütze. Als sie an einem Bauernhof vorbeikamen, rief Claudia: „Mir reicht's“, und lenkte auf einen Schuppen zu, dessen Tor offenstand. Florian folgte ihr. Drin stank es nach Diesel, aber es war wenigstens trocken.

„Puh“, stöhnte Claudia und schüttelte sich das Wasser

13 4831-14

aus den Haaren. „Warum bist du eigentlich bei dem blöden Regen so lang weitergefahren?"

„Das wollt ich gerade dich fragen", erwiderte Florian. Sie sahen sich an und lachten.

Dann streckte Claudia Florian die Arme entgegen und fragte: „Bist du mir noch böse?"

„Quatsch!" Er ergriff ihre Hände und streichelte sie sanft.

„Wie geht's denn deinen Eltern? Ist es schlimm?" erkundigte sich Claudia.

„Nein, schlimm nicht. Mein Alter hat 'ne Gehirnerschütterung und meine Mutter 'ne Platzwunde am Kopf und das linke Handgelenk gebrochen. In ein paar Wochen sind sie wieder fit. Beschissen ist es trotzdem. Wegen der Kinder und so. Außerdem ist die Karre ziemlich im Eimer. Aber was willst du machen?" Er grinste sie an. „Man kann's nicht ändern!"

„Doch, ein bißchen kann man's schon ändern", sagte Claudia. „Ich helf dir nämlich. Das heißt, wenn du willst."

„Echt lieb von dir. Klar, daß ich will!"

Immer noch hielt er ihre Hände und streichelte sie.

Plötzlich zog Claudia die ausgestreckten Arme zurück und schüttelte sich. „Brrr, scheußlich, das nasse Zeug auf der Haut. Wenigstens das T-Shirt zieh ich jetzt aus!"

„Okay", sagte Florian, und dann wollte er sich doch tatsächlich umdrehen!

„Mann, deshalb brauchst du dich doch nicht umzudrehen!" rief sie, machte zwei Schritte auf ihn zu, legte ihm die Arme um den Hals und küßte ihn auf die Lippen.

Erst erstarrte er, aber dann, dann umarmte er sie, preßte

sie fest an sich und erwiderte ihren Kuß.

Verdammt, endlich hatte er's kapiert!

Es dauerte lang, bis der Regen nachließ. Endlich riß die Wolkendecke auf, erst wurde ein Streifen Abendrot sichtbar, und dann erschien, noch ganz blaß und gelb, der Mond am Himmel.

„Guck mal!" sagte Florian und lachte. „Lackier den Mond doch einfach grün!"

Claudia blickte nachdenklich zu der schmalen Sichel hinauf. Ob es wohl gutging mit ihnen? Sie war unheimlich verliebt in ihn. Aber er war ganz anders als sie. Trotzdem. Sie würde es versuchen!

Sie strich Florian liebevoll übers Gesicht und erwiderte: „Ich denk nicht dran! Heute gefällt er mir ganz gut, so wie er ist."

Irma Krauß

Das Kind

Ich bin ziemlich fertig. Sitz in meinem Zimmer herum und weiß nicht, was ich soll. Sie schauten mich an, vorhin, beim Mittagessen, sagten lang nichts und fragten dann doch, was los sei. Und ob Klaus heut nicht käme.

„Er hat heut keine Zeit", sagte ich.

Da schauten sie noch deutlicher. Und ganz klar, was sie dachten: Da gab's was, die hatten Streit, die beiden. Aber gesagt haben sie nichts weiter. Sie kennen mich.

Was Klaus betrifft, da irren sie sich. Wir hatten keinen Streit. Oder jedenfalls keinen richtigen. Ich begreif bloß nicht, warum er sich da einmischt; die Sache geht nur mich was an, und es ist sowieso entschieden: Morgen hab ich meinen Termin. Beratungsgespräch war schon. Beratung, daß ich nicht lache, wozu brauch ich Rat? Ich weiß, was ich will. Studieren will ich. Auch wenn Klaus das anders sieht. Ihn schränkt es ja nicht ein.

„Komm diesen Sonntag nicht", hab ich gesagt. Da machte er auf dem Absatz kehrt und ging ohne mich in den Hörsaal.

Ich schau mich in meinem Zimmer um, es widert mich an, es erdrückt mich. Warum bin ich nicht übers Wochenende im Wohnheim geblieben?

Ich springe auf, fahre in die Stiefel und werf mir den Parka über. Automatisch geh ich die Richtung, die ich dreizehn Jahre lang gegangen bin; sie führt unweigerlich ins Zentrum, zu den Schulen, den Kirchen, dem Schloß, zur einzigen Prachtstraße, die's hier gibt, mit ihren Ladengeschäften hinter sorgfältig instandgehaltenen Fassaden. Rauhreif franst die Weihnachtssterne, die an durchhängenden Schnüren die Straße überspannen.

Ich geh nicht mehr allein, vor mir, neben mir, hinter mir und auch auf der anderen Straßenseite stapfen Leute in ihrem Winterzeug, Familien zumeist; sie halten alle aufs Schloß zu. Ich überlasse mich dem Sog. Morgen, denk ich, morgen um diese Zeit hab ich's vielleicht schon hinter mir.

Im Schloßhof sind hölzerne Buden aufgebaut, und schon am Tor riecht es beißend nach verbranntem Fett. Ach so, deswegen der Rummel, denk ich, dritter Adventssonntag, Christkindlmarkt, das Übliche. Die Leute schnuppern.

„Gebrat'ner Fisch!" hör ich einen frohlocken, dann boxt er sich rigoros durch das Gedränge.

Ich werde geschoben. Rieche Glühwein, erhasche Blicke auf Baumschmuck aus Stroh, Baumschmuck aus Glas, Baumschmuck aus Kunststoff.

Flötentöne! Auf einem grobgezimmerten Holzpodest müht sich ein Häuflein Schüler mit rotgefrorenen Fingern an widerspenstigen Blockflöten. Ich lasse mich vorbeischieben. Morgen um diese Zeit ... Sie nennen es Abbruch. Und was sonst soll es sein?

Ich werde durch das große geöffnete Tor der ehemaligen Wagenremise gedrängt. Das Gewölbe stammt noch aus der Zeit, als man in Kutschen fuhr, und ist für gewöhnlich der Allgemeinheit verschlossen, auch ich habe seine Tiefen noch nie zuvor betreten. Neugierig schaue ich über Schultern hinweg.

Im vorderen Bereich bietet zwischen zwei Säulen ein riesiger Verkaufstisch seine Holzschnitzereien aus Bethlehem dem Auge und dem Geldbeutel dar. Weiter hinten ist es dämmerig, meine Augen müssen sich erst daran gewöhnen. Die Nase reagiert schneller, sie signalisiert: Stall, Dung. Und da hör ich ein Schaf blöken. Ein zweites fällt ein. Aufgeregtes Kindergeschnatter.

Man drückt mich gegen ein Gatter aus Birkenstangen. Hinter mir sagt eine Frau: „Sie haben einen richtigen Stall hier aufgebaut, wegen des Krippenspiels. Alles Natur. Oh, sogar ein Esel ist da!"

Da seh ich den Esel. Er kommt so nah heran, daß ich ihm über die Stirn streichen könnte. Aber ich weiß nicht, ob er das übelnimmt. Schafe drängen sich an meine Knie, und ich gleite sacht mit der Hand über ihre dicke Wolle. Auch Zicklein sind da, aber sie hüpfen so flink vorüber, daß ich sie nicht berühren kann. Ich mach es wie die Kinder, ich greife mir eine Handvoll Heu und locke sie heran.

Auf einmal fällt rotes Licht auf meine Zicklein. Irgendwer hat den Scheinwerfer eingeschaltet und schwenkt ihn über den Stall und die Leute hinweg auf eine Bühne, über die verkleidete Kindergestalten hin und her huschen. „Es sind

Kinder vom Sankt-Elisabeth-Gymnasium", sagt jemand.

Es gibt mir einen Stich. Meine Schule, denk ich, vor einem halben Jahr war das noch meine Schule. Ich schiebe mich näher ran und prüfe interessiert die Gesichter der verkleideten Kinder, aber ich erkenne keines; Unterstufe, denk ich, so was machen sie nur in der Unterstufe.

Ich hab auch gern Theater gespielt. Mein Traum war – jetzt lächle ich unter dem rötlichen Licht des Scheinwerfers – mein Traum war, einmal die Maria spielen zu dürfen. Doch die Maria war immer das Mädchen mit dem längsten, lockigsten Haar; ob sie gut deklamieren konnte, danach fragte man nicht. Sie hatte sowieso wenig zu sagen, sie hatte still und demütig über der Krippe zu lächeln, wie es ihrer Rolle zukam. Das paßte eigentlich gar nicht zu mir, wenn ich es recht bedenke.

Ein plötzlicher Aufruhr inmitten des Geschiebes: Jemand kämpft sich mit erhobenen Armen und Vorsichtrufen durch die Menge der Schaulustigen. Ich kenne die Stimme. Sie gehört eindeutig und unverwechselbar meiner ehemaligen Deutschlehrerin.

„Gehen Sie doch bitte zur Seite ... Vorsicht! ... Oh, das ist so wertvoll!" ruft sie. In den erhobenen Armen trägt sie etwas. Sie hat den Rand der Bühne erreicht. Sie nimmt die Arme langsam herunter und mit ihnen den kostbaren Schatz. Da ich fast neben ihr stehe, sehe ich, daß es ein lebensgroßes, geschnitztes und bemaltes Jesuskind ist, mit glänzenden, goldenen Strahlen am Hinterkopf.

Die Theaterspieler kommen herbeigelaufen, machen „Ah!" und „Oh!" und bilden einen dichten Kreis um meine ehemalige Lehrerin. Sie drückt das Kind an sich und wehrt mit dem anderen Arm ab, ihre Augen irren suchend umher. Da fallen sie auf mich.

„Oh, Sonja! Schön, daß Sie sich unser Spiel ansehen!"

Ich widerspreche nicht, ich schaue ihr über den strahlengeschmückten Kopf des Kindes hinweg ins Gesicht.

„Oh, Sonja – können Sie mir einen großen Gefallen tun? Diese wertvolle Barockfigur stammt aus der Basilika, der Herr Pfarrer hat sie uns für das Spiel geliehen, und ich habe die Verantwortung für ihre wohlbehaltene Rückkehr – darf ich sie Ihnen anvertrauen? Wir brauchen sie erst für die letzte Szene." Damit drückt sie mir das Jesuskind in den Arm.

Und jetzt steh ich da mit dem wertvollen Ding – ich such mit dem Rücken das Birkengatter, um wenigstens von einer Seite geschützt zu sein. Ich halte, die Arme gestreckt, mit beiden Händen den kalten, nackten Bauch des Kindes von mir. Verflixt, das ist auf die Dauer ganz schön schwer! Ich schaue auf die Höhlung des Bauchnabels und auf die dicken, angezogenen Beine. Die Augen meide ich, sie starren so. Auch die ausgestreckten Ärmchen sind mir nicht geheuer.

Jetzt schaltet der Scheinwerfer auf grelles Licht. Das Spiel beginnt. Ich versuche zuzuhören, aber immer muß ich auf den gewölbten Bauch schauen, den meine Hände erwärmen. Meine Daumen stehen sich rechts und links vom Nabel gegenüber. Ein Stück darunter die angezogenen Knie, die fleischigen Oberschenkel und Waden, die rundlichen Füßchen mit zartrosa Zehennägeln.

Meine Hände beginnen vor Anstrengung zu zittern, da erliege ich der Suggestion der ausgestreckten Ärmchen:

Ich lasse sie um meinen Hals greifen und fühle den kühlen Kopf an meiner Wange. Mein Unterarm gleitet unter das Gesäß des Kindes, wie die angezogenen Beine es wollen, der zweite Arm stützt seinen Rücken.

Ich höre längst nicht mehr auf den Text des Krippenspiels. Ich staune über den Barockkünstler, der diese Figur so lebensnah, mit allen Rundungen und Speckfältchen, geschaffen hat. Meine Hand gleitet über Schultern und Rükken und Gesäß des Kindes, sie ist versucht, über seinen Hinterkopf zu streichen, doch da hemmt der Strahlenkranz. Ich spüre den Druck des Körpers gegen meine Brust. Intensiv fühle ich die runde Stirn an meiner Wange. Ich fasse das Kind unter den Ärmchen und halte es von mir ab. Es schaut mich an. Ich ertrage standhaft seinen Blick. Dann drehe ich es behutsam um und setze es auf meinen Arm, damit es auch das Spiel sehen kann, dessen Mittelpunkt es ist. Mein zweiter Arm umklammert sorglich den runden Bauch.

Sie nennen es Abbruch, denke ich plötzlich. Ein ganz falsches Wort.

Morgen um diese Zeit … Ich will es nicht hinter mir haben. Widerstrebend gebe ich das Jesuskind aus den Händen, als es für die letzte Szene gebraucht wird. Ich sehe es auf einem Strohbündel liegen und Ärmchen und Knie nach oben strecken, der demütig geneigten Maria entgegen. Meine Hände fühlen es noch.

Meine Hände, die in den Jackentaschen stecken, legen sich heimlich auf meinen Bauch, als ich mich leise durch die Leute nach draußen kämpfe, mein Mund lächelt.

Klaus. Ich rufe ihn an. Jetzt sofort.

Renate Axt

Wie war das mit den Jungs?

Melanie saß mir gegenüber und pickte die Tintenfische aus ihrer griechischen Vorspeise. „Eßt mit!“ forderte sie Katharina und mich auf. „Es ist zuviel für mich.“

Katharina, Melanie und ich hatten zusammen Abitur gemacht. Melanie leitete jetzt eine Schule auf dem Land. Sie war rundlich wie die Ruhe selbst. Genau wie früher.

„Du warst immer gelassen, nie hastig“, sagte Katharina.

„Ja.“ Melanie lächelte. „Aber unter der Oberfläche brodelte es schon ab und zu.“

Die Kellnerin brachte meine Koteletts, für Katharina Meeresfrüchte und für Melanie einen Fleischspieß.

Wie merkwürdig, die beiden jetzt zu beobachten. Wir hatten uns lange nicht gesehen.

Katharina war schmal, hatte ein längliches Gesicht und wache Augen. Melanie war nicht hübsch, aber selbstbewußt. Im Unterricht hatte sie sich früher kaum gemeldet.

Sie hatte den Eindruck erweckt, als wisse sie alles und habe es nicht nötig, sich zu melden, um ihre Kenntnisse zu beweisen. Katharina, Melanie und ich lernten uns mit zehn Jahren kennen. Wir gingen in dieselbe Klasse.

„Wie war das eigentlich mit den Jungs, als wir zwölf oder vierzehn waren?“ fragte ich. „Erinnert ihr euch an den ersten Kuß?“

Katharina bekam einen roten Kopf. Die Röte breitete sich zusehends über das großflächige Gesicht aus. „Ich erinnere mich nicht“, sagte sie und legte die Gabel hin.

Melanie lächelte. „Kinderfreundschaften sind ernst zu nehmen“, sagte sie. „Wenn eine Zwölfjährige sagt, sie habe einen Freund, ist das außerordentlich wichtig.“

Sie überlegte einen Augenblick. „Ich war vielleicht zwölf Jahre alt. In der Nachbarschaft wohnte ein gleichaltriger Junge, der Thomas. Er war dick und häßlich. Er mochte mich sehr. Ja, er war in mich verliebt. Thomas lief mir auf Schritt und Tritt nach. Er spielte dort, wo auch ich spielte. Er brachte mir kleine Geschenke. Einmal einen Strauß Schlüsselblumen. Dann wieder eine Handvoll Bucheckern. Und sogar entkernt. Stellt euch vor, was das für eine Arbeit war!“

„Ja, Bucheckernlesen war mühsam“, erinnerte sich Katharina, und von Thomas war das eine Liebeserklärung.“ Sie bekam wieder einen roten Kopf.

„Thomas und ich wurden eines Tages zum Kartoffelentkeimen in den Keller geschickt.“

Ich sah sie als Kinder vor einem Berg gekeimter Kartoffeln im Keller sitzen. Jede Kartoffel mußte in die Hand genommen werden. Was für eine Arbeit!

„Das witzigste war, einer der Erwachsenen regte sich auf, daß ich mit dem häßlichen Thomas im Keller saß und Kartoffeln entkeimte. Das schickte sich nicht."

„Was ist passiert?" fragte Katharina.

„Nichts."

„Wirklich nichts?"

„Doch. Thomas kam zu mir rüber. Ich solle aufhören mit der dummen Arbeit. Er würde sich abends in den Keller schleichen und die Arbeit allein weitermachen. Ich sagte ihm, er sei dusselig. Ich würde meine Arbeit allein machen. Genau wie er. Thomas hat mich dankbar angesehen. Dann rückte er näher. Er kam dicht ran zu mir und gab mir sehr vorsichtig einen Kuß auf den Mund. Ich hatte die Augen zugemacht. Thomas rutschte danach vor Schreck schnell nach hinten und saß mitten in den Kartoffeln. Das sah so komisch aus!" Melanie lachte.

„Und was hast du damals mit den Jungs erlebt?" fragte ich Katharina.

Sie bekam wieder einen roten Kopf. „Nichts. Ich erinnere mich nicht."

„Was ist mit dir?" fragte Melanie mich.

Ich überlegte. Wir waren damals in der zweiten oder dritten Klasse des Gymnasiums. Ich saß immer in der Bankreihe am Fenster. Katharina und Melanie saßen in der äußersten Reihe in der Nähe der Tür. Ich wollte gern nach draußen in die Bäume sehen. Und das tat ich auch. Von meinem Platz aus sah ich auch das alte Jungengymnasium und die Mauer, die die beiden Schulhöfe trennte.

In der Pause flanierten wir immer in der Nähe der Mauer. Gingen ein Stück weiter in den hinteren Hof und spazierten wieder an der Mauer entlang. Die Jungen standen in doppelter Reihe und sahen zu uns herüber. Sie machten Bemerkungen, pfiffen und gaben Zeichen. Wir taten, als sähen wir das nicht.

Die Jungen der Lateinschule hatten alle vierzehn Tage nachmittags in unserer Schule Unterricht. Damals gab es nicht genug Schulklassen für alle.

Einer der Gymnasiasten sprach mich nach der Schule an. Er wurde Boxer genannt. Er war klein, hatte eine breite Nase und war bekannt dafür, daß er sich gern prügelte.

Als Boxer mich auf dem Heimweg ansprach, schaute ich weg.

„Ich will nichts von dir“, eröffnete Boxer das Gespräch. Ich ging schneller. „Kannst du mir einen Gefallen tun? Renn doch nicht so. Bleib stehen. Nächste Woche haben wir nachmittags bei euch Unterricht. Und ich möchte die Vera aus deiner Klasse kennenlernen.“

Vera war sehr hübsch. Niemand wußte viel von ihr. Katharina und Melanie wurden die Stillen genannt. Wenn es eine Steigerung gab, war Vera die Stillste von allen.

„Ich bin in sie verknallt“, sagte Boxer, „aber ich komme nicht an sie ran. Nun habe ich einen Plan. Kannst du mir dazu den genauen Sitzplan eurer Klasse anfertigen? Ich habe den Jungs aus meiner Klasse versprochen, wenn sie mir bei der nächsten Mathearbeit helfen, bekommt jeder den Namen eines Mädchens aus eurer Klasse und den Sitzplan, damit er weiß, wo ihr Platz ist. Wir wollen euch nämlich Briefe schreiben. Liebesbriefe.“ Boxer geriet ins Schwärmen. Er strahlte mich an.

Die Idee gefiel mir.

Montag nachmittag hatten die Lateiner in unserer Klasse Unterricht. Am nächsten Tag lagen die Briefe unter den Bänken. Katharina hatte einen Brief, Melanie und Vera auch. Alle hatten einen Brief, nur ich nicht. Ich hatte vergessen, meinen Namen auf dem Plan einzutragen. Ich beobachtete Vera. Sie nahm das Zettelchen, las es und knüllte es zusammen. Wenig später glättete sie das Papierchen und steckte es in die Schultasche. Zunächst verriet keines der Mädchen, daß sie ein Briefchen bekommen hatte. Aber die Briefsache war nicht geheimzuhalten. Sie tauschten die Briefe und schrieben zurück. Sie legten die Briefe unter die Bänke.

Ich stahl Veras Brief und las ihn laut vor. Sie wurde so wütend, daß ich dachte, sie risse mir gleich die Haare aus. Alle hänselten sie. Eine von uns schrieb an die Tafel: „Vera und Boxer, ein Liebespaar." Und unser Klassenlehrer ließ es die ganze Stunde an der Tafel stehen.

Vera war danach eine Woche nicht zur Schule gekommen.

Doch die Gymnasiasten kamen nicht mehr zu uns zum Unterricht. Die Briefchen blieben unbeantwortet.

„Erinnert ihr euch an die Sache mit den Briefen?" fragte ich Katharina und Melanie. Wir tranken nun türkischen Mokka und aßen kleine köstliche Süßspeisen dazu.

„Ja, die Briefe", sagte Katharina. „Jetzt kann ich's euch ja sagen, ich war damals in Boxer verliebt."

Melanie und ich waren sprachlos. „Du?"

„Ja", sagte Katharina, „aber ich war Luft für ihn."

Hans Kruppa

Der Abgrund

Claas war gerade fünfzehn Jahre alt geworden, als er mit seinen Eltern und seinem Freund Holger ans Meer fuhr, in einen kleinen Badeort an der holländischen Küste. Seine Eltern hatten dort ein Appartement gemietet, mit zwei Schlafzimmern. In dem einen schliefen sie selbst, in dem anderen, einem kleinen, schmalen Raum, stand ein Bett für Claas. Holger nächtigte auf der Couch im Wohnraum.

Gleich am ersten Abend erkundeten Claas und Holger die Gegend und stießen bald auf einen etwas außerhalb der Ortschaft gelegenen Schuppen, aus dem, schon von weitem vernehmbar, Rockmusik tönte. Dort spielte eine holländische Band, und weil sich ihre Musik gut anhörte, hätten Claas und Holger sie gern spielen sehen, aber der Eintrittspreis war ziemlich hoch und das Taschengeld mußte für vier Ferienwochen reichen.

Auf dem Rückweg kam ein blondes Mädchen auf sie

zu. Claas konnte ihr Gesicht nicht erkennen, weil es schon dämmerte, nur ihr Haar schimmerte ihm hell entgegen, doch etwas an ihr zog seine ganze Aufmerksamkeit auf sich. Er spürte, wie sein Herz mit jedem Schritt schneller schlug. Als er nur noch ein paar Meter von ihr entfernt war, sah er, daß sie ein hübsches Gesicht hatte. Claas lächelte sie an, und sie erwiderte sein Lächeln. Dann gingen sie aneinander vorbei.

Nach ein paar Schritten blieb Claas stehen. Als er sich nach dem Mädchen umdrehte, stellte er fest, daß auch sie stehengeblieben war, um ihm nachzuschauen. Da mußten sie lachen, und dann fiel es Claas ganz leicht, sie anzusprechen.

„Du gehst zu der Band?“ fragte er sie überflüssigerweise, denn der Feldweg führte nirgendwo anders hin als zu dem Musikschuppen.

„Du gehst schon wieder?“ fragte das Mädchen zurück, und das war genauso offensichtlich, aber inzwischen hatte Claas seine Meinung geändert.

Er ging schweigend neben dem Mädchen zu dem Schuppen zurück, aus dem heiße Rhythmen zu hören waren. Holger, der ihnen unentschlossen bis zum Eingang gefolgt war, entschied sich angesichts des unverändert hohen Eintrittsgelds zur Umkehr.

Claas waren finanzielle Erwägungen gänzlich unwichtig geworden, als er sich mit Anneke auf eine der langen Holzbänke setzte, die an den ebenso langen Tischen standen. Der Schuppen war mehr als zur Hälfte voll, aber auf die Tanzfläche hatte sich noch niemand gewagt. Es stellte sich heraus, daß Anneke, wie Claas, erst vor ein paar Stunden in Callantsoog angekommen war.

Als die Band dann einen Song spielte, den er sehr mochte, faßte er sich ein Herz und fragte Anneke, ob sie mit ihm tanzen wolle. Während sie sich zu den Rhythmen der Musik bewegten, tauschten sie immer wieder fröhliche Blicke aus.

Anschließend spielte die Band ein langsames Stück, und Claas legte seine Arme leicht auf Annekes Schultern. Sie drückte sich ihm sanft entgegen. Er atmete den frischen Duft ihres glatten, langen Haares mit geschlossenen Augen ein und fühlte sich wie berauscht von ihrer Nähe, der Wärme ihres Körpers.

Nachdem die Band ihre letzte Zugabe gespielt hatte, gingen sie Hand in Hand den Feldweg hinunter zum Ort zurück. Im Licht einer Laterne am Ortsanfang blieben sie plötzlich stehen und sahen sich in die Augen. Als sie sich küßten, war es, als müßte es so sein. Es geschah wie von selbst.

Claas' Hand schob sich dabei unter Annekes knapp sitzendes T-Shirt, bis sie die Wölbung ihrer Brust unter sich fühlte, weich und warm. Als hätte sie sich auf verbotenes Land gewagt, zog seine Hand sich jedoch gleich wieder scheu zurück und streichelte Annekes Haar. Sie öffnete die Augen. Claas glaubte in ihnen einen Hauch von Enttäuschung zu sehen. Aber dann lachten sie wieder, wie in den Sekunden ihres ersten Blickkontaktes.

Als Claas später in seinem Bett lag, konnte er vor Freude lange nicht einschlafen. Er spürte Annekes Wärme noch auf seiner Haut, roch den Duft ihres Haares, wenn er einatmete.

14 4831-14

Am nächsten Tag trafen sie sich um zwei Uhr an der Imbißbude, wo die Leute, die zum Strand gingen oder von dort kamen, sich einen kleinen Snack gönnten.

Anneke wartete bereits auf ihn. Sie saß auf der Wiese, das Gesicht der Sonne zugewandt, die Augen geschlossen. Er schlich sich von hinten an sie heran und hielt ihr sanft die Augen zu.

„Claas“, sagte sie und lachte fröhlich.

Sie gingen durch die Dünen zum Meer, Hand in Hand, und liefen am Strand entlang.

Von da an trafen sie sich jeden Tag und unternahmen lange Spaziergänge, die Füße im Wasser, und als sie genug davon hatten, zog es sie in den kleinen Wald, der sich unweit von den Dünen über eine sanfte Hügellandschaft erstreckte.

Dort umarmten und küßten sie sich, von Sträuchern und Hecken vor den Blicken zufällig Vorbeikommender geschützt.

Claas fühlte sich unsagbar glücklich in diesen Momenten, doch dann sah er wieder diesen Schatten der Enttäuschung, der schon am ersten Abend auf Annekes Blick gefallen war.

Am Tag darauf regnete es zum ersten Mal nach einer Woche ununterbrochenen Sonnenscheins. Als Claas, wie an den Tagen zuvor, pünktlich um zwei wieder an der Imbißbude stand, war Anneke noch nicht da. Er bekam sofort ein ungutes Gefühl, beruhigte sich aber mit dem Gedanken, daß ihr etwas dazwischengekommen sein mußte und sie sich verspäten würde. Um sich vor dem

Regen zu schützen, setzte er sich auf die oberste Treppenstufe eines Hauseingangs. Von dort hatte er einen guten Blick auf die Imbißbude und den Weg vom Strand, auf dem Anneke immer von dem Campingplatz zum Treffpunkt gekommen war.

Nach zehn Minuten sah er sie auf dem Dünenweg durch den Regen auf ihn zulaufen, und ein Stein der Erleichterung fiel von seinem Herzen. Aber als er aufstand, um ihr entgegenzugehen, bemerkte er enttäuscht, daß es ein anderes Mädchen war, das außer ihren blonden Haaren und einer ähnlichen Figur nicht viel mit Anneke gemeinsam hatte.

Nachdem er mehr als eine Stunde gewartet hatte, begann Traurigkeit in sein Gefühl einzusickern. Langsam ging er mit gesenktem Kopf zum Appartement zurück, legte sich auf sein Bett und schloß die Augen.

Den ganzen Tag klammerte er sich an der Hoffnung fest, daß Anneke vielleicht plötzlich mit ihren Eltern, mit denen sie auf dem Campingplatz wohnte, wegfahren mußte und nicht mehr die Zeit gefunden hatte, ihm Bescheid zu sagen. Aber immer stärker kam das Gefühl in ihm hoch, daß etwas passiert sein mußte, etwas in Annekes Herz, das sie daran gehindert hatte, zu ihrem Treffpunkt zu kommen.

Trotz dieser bedrückenden Ahnung konnte Claas nicht verstehen, warum Anneke nicht erschienen war wie an all jenen sonnigen Tagen, die sie mit so viel Zärtlichkeit und Freude und Lachen gefüllt hatten, und er hatte Bilder vor seinen Augen, Bilder von Anneke und sich, wie sie im Meer aufeinander zuschwammen, sich im Wasser umarmten und untertauchten, ohne sich aus ihrer Umarmung zu lösen, und wie sie auf dem Rückweg an dem großen Parkplatz mit den vielen Autos vorbeigekommen waren und an jedem Nummernschild etwas Lustiges fanden, über das sie herzlich lachen konnten, bis ihnen der Bauch weh tat. Er konnte einfach nicht verstehen, warum die Unbeschwertheit, das helle Glücksgefühl, das sich in Annekes Nähe so oft eingestellt hatte, nun ein so abruptes Ende nehmen sollte. Wenn sie nicht mehr mit ihm zusammensein wollte, warum kam sie dann nicht und sagte es ihm offen ins Gesicht?

Am nächsten Tag war Claas wieder um zwei an der Imbißbude und starrte eine halbe Stunde in den Dauerregen, ohne Erfolg. Anneke war wie vom Erdboden verschluckt, und fast erschienen die sonnigen Tage, an denen sie lachend den Weg zum Strand heruntergelaufen kam, wie ein Traum, wie etwas, das nie wirklich gewesen war. Traurig machte er sich wieder auf den Heimweg.

Am nächsten Tag war das Wetter, wenn auch nicht sonnig, so doch zumindest nicht mehr regnerisch, aber Anneke kam auch diesmal nicht. Am späten Nachmittag konnte Claas die Ungewißheit nicht länger ertragen, und er bat Holger, ihn zu begleiten und Anneke auf dem Campingplatz zu suchen. Vielleicht war sie ja krank und wartete nur darauf, daß er zu ihr kommen würde, hoffte Claas, aber er spürte, daß es eine leere Hoffnung war.

Als er Anneke fand, stand sie mit dem Rücken zu ihm neben einem großen Wohnwagen und hängte Wäsche zum Trocknen auf. Sein Herz begann schnell zu klopfen, und seine Knie wurden weich. Er riß sich zusammen, ging forsch auf Anneke zu, legte seine Hand auf ihre Schulter und fragte sie ohne Umschweife, warum sie nicht mehr zum Imbißstand käme. Sie erschrak, sah ihn dann mit seltsam traurigen Augen an und sagte mit unsicherer Stimme, sie habe einen anderen Jungen kennengelernt.

Anneke war völlig verändert. Die Freude, die sie sonst immer ausstrahlte, war nicht mehr zu spüren. Einen Moment lang wurde es Claas schwarz vor den Augen, und er glaubte, sich an Holger festhalten zu müssen. Aber dann war es vorbei.

„Tschüs“, sagte er mit tonloser Stimme, ohne Anneke noch einmal in die Augen zu schauen, und ging.

Holger folgte ihm und sagte nach einer Weile: „Wärst du mit mir zurückgegangen am ersten Abend, statt mit ihr in den Musikschuppen zu gehen, wäre dir das erspart geblieben.“

„Laß mich bitte allein“, murmelte Claas.

In den darauffolgenden Tagen bekam er immer wieder Anfälle von Traurigkeit, beim Mittagessen, am Strand, vorm Einschlafen. Er mied Orte, an denen er mit Anneke gewesen war, versuchte sich von den immer wieder auftauchenden Gedanken an sie abzulenken, mit wechselndem Erfolg. Er fühlte eine bisher ungekannte Leere in sich, schlief schlecht und aß wenig.

Als er nach einer Woche schließlich glaubte, seine Enttäuschung überwunden zu haben, entdeckte er Anneke am Strand, inmitten einer Gruppe von Jungen und Mädchen. Sie kniete im Sand mit einem Jungen, der sie eng umschlungen hielt und küßte.

Der Junge war älter als Claas. Claas schätzte ihn auf achtzehn, neunzehn, und ihm wurde mit einem Mal schmerzlich bewußt, daß er selbst zwei lange Jahre jünger als Anneke war. Plötzlich spürte er diesen Altersunterschied wie einen Abgrund zwischen ihnen klaffen, der alle heiteren, unschuldigen Gefühle, die in ihm lebendig geworden waren, in sich hinabgezogen und verschlungen hatte. Obwohl ihm der Anblick des küssenden Paares weh tat, konnte er seinen Blick nicht von den beiden lassen, bis er ihn schließlich nicht mehr ertrug und weglief.

Als er am selben Abend zum Musikschuppen ging, wartete Anneke vor dem Eingang auf ihn. Einige Schritte vor ihr blieb Claas verunsichert stehen. Sie hatte Tränen in den Augen und sagte in ihrem gebrochenen Deutsch: „Darf ich zu dich zurückbegleiten?"

Als Claas nichts darauf erwiderte und sich nicht von der Stelle rührte, ging sie auf ihn zu und umarmte ihn. Sie schluchzte leise. Schließlich legte er einen Arm um ihre Schultern und strich ihr tröstend über das Haar, aber er wußte nicht, ob er es tat, weil er es wirklich wollte oder weil sie sein Mitleid erregt hatte.

„Der Junge hat mich immer so angeschaut, wenn ich zum Wohnwagen gekommen bin. Ich konnte niet anders", erklärte Anneke schluchzend. „Aber ich weiß jetzt, ich hab falsch gemacht, ik houd van you!" Nach dieser Liebeserklärung gab sie Claas einen Kuß auf den Mund, auf den er nicht reagieren konnte.

Claas fühlte sich schwindelig, als fahre er Karussell. Er

mußte sich ins Gras setzen. Als Anneke sich neben ihn kniete, ließ er es zu, daß sie ihre Arme um ihn legte. Schließlich erwiderte er ihre Umarmung, aber sein Gefühl war anders als am Anfang, etwas war verlorengegangen.

In den letzten Ferientagen, die Claas mit Anneke zusammen verbrachte, war das Wetter noch einmal schön und lud wieder zu ausgedehnten Spaziergängen am Meer ein, aber wenn sie Hand in Hand am Wasser entlanggingen und den Seewind auf ihrer Haut fühlten, war es nicht mehr so wie früher. Im Grunde war ihre Geschichte schon beendet, auch wenn sie es nicht wahrhaben wollten und sich noch ein Jahr später lange Briefe schrieben.

Elke Müller-Mees

Herzklopfen

Sie hatten den jungen Referendar seit drei Wochen, und seit drei Wochen hatte Christine vor jeder Deutschstunde Herzklopfen. Der Referendar trug Anzüge aus breitgeripptem Cordsamt und hatte braune Augen. Er war groß.

Christine wußte, den anderen Mädchen in der Klasse ging es ebenso. Na ja, vielleicht nicht allen, aber einigen bestimmt. Birgit zum Beispiel und Maria. Alle drei waren immer die Eifrigsten in der Deutschstunde bei Frau Peters gewesen. Jetzt sagten sie kaum noch ein Wort im Unterricht. Dafür tuschelten und kicherten sie mehr. Und alle Mädchen tauschten untereinander bedeutungsvolle Blikke. In der Pause unterhielten sie sich über das Halstuch, das der Referendar manchmal anstelle einer Krawatte trug.

Mit dem Läuten betrat der Referendar den Klassenraum. „Heute wollen wir uns mit einem Gedicht von Adelbert von Chamisso beschäftigen. Dieses Gedicht hat keine Überschrift. Vielleicht könnt ihr selber eine finden."

Alle Köpfe senkten sich über die ausgeteilten Blätter.

„Seit ich ihn gesehen,
glaub' ich blind zu sein;
wo ich hin nur blicke,
seh' ich ihn allein.
Wie im wachen Traume
schwebt sein Bild mir vor,
taucht aus tiefstem Dunkel
heller nur empor..."

Wie ertappt ließ Christine das Blatt sinken. Hatte sie nicht genau das seit Tagen empfunden? Sie fühlte, wie sie rot wurde und ganz heiße Ohren bekam. Schnell schaute sie erst auf den Referendar, dann überprüfte sie die Gesichter in ihrer Nähe. Nein, keiner hatte etwas gemerkt.

Aber in der Klasse herrschte eine seltsame Unruhe von Wispern und unterdrücktem Lachen. Immer noch waren alle Köpfe über das Blatt gebeugt.

Wie kann er uns nur so ein Gedicht geben? fragte sich Christine fast erschrocken. Sie dachte an die Abende, wenn sie in ihrem Bett lag und vor sich hin träumte. Und immer wieder sah sie den Referendar vor sich. Ob er das ahnte? Konnte er das ahnen? Sie saß still in ihrer Bank und vernahm deutlich das Hämmern ihres Herzens. Es schien ihr so laut, daß jeder es hören mußte.

Vielleicht wußte der Referendar, was das Tuscheln und Kichern zu bedeuten hatte? Vielleicht hatte er sie alle durchschaut?

Die Besprechung des Gedichtes schleppte sich dahin, obwohl sich alle Mühe gaben. Sie bestimmten Reim und Rhythmus, die sprachlichen Bilder und ihre Bedeutung. In dieser Stunde meldeten sich noch weniger als sonst.

„Jetzt zur Überschrift", sagte der Referendar. „Worum handelt es sich in diesem Gedicht?"

In der Klasse wurde es plötzlich sehr ruhig.

„Was wird in dem Gedicht angesprochen? Nun, Birgit?"

Birgit öffnete den Mund, als wollte sie etwas sagen. Dann preßte sie die Lippen fest aufeinander.

Fragend blickte er nun von einer zur anderen. Verlegen senkte jedes Mädchen, das er ansah, den Kopf wieder über das Blatt oder schaute hilflos auf die Nachbarin. Einige wurden rot.

Da lächelte der Referendar in dem Cordsamtanzug jungenhaft und ein bißchen verschwörerisch. „Aber, meine Damen, ihr könnt es doch ruhig sagen. Wir sind ja unter uns."

Alle lachten.

Christine hob den Finger.

„Nun, Christine?"

Alle Gesichter wandten sich ihr zu. Christine schluckte einmal, zweimal. Ihr Hals war immer noch wie zugeschnürt.

„Nun?"

„Um Liebe", sagte Christine.

Die Autoren

Renate Axt schrieb zuerst Gedichte und ist heute eine angesehene Lyrikerin, die mit mehreren Preisen ausgezeichnet wurde. Später verfaßte sie Theaterstücke für Kinder und bekam dann Lust, auch Kinderbücher zu schreiben. Dazu sagt sie: „Ich halte Kinder für wichtige Leser, Zuschauer und Zuhörer und bringe sie gern zum Lachen."

Ute Bauer, in München geboren und am Starnberger See groß geworden, studierte Sprachen und Betriebswirtschaft in München, London und Madrid. Neben einem anstrengenden Beruf, der mit Auslandsreisen verbunden ist, schreibt sie in ihrer Freizeit Kurzgeschichten für Kinder und Jugendliche. Auf dem Gutshof bei Olching, wo sie heute lebt, findet sie umgeben von Kindern und Tieren, die ideale Voraussetzung für ihre schriftstellererische Tätigkeit.

Brigitte Blobel ist in Hamburg geboren und aufgewachsen. Nach dem Abitur heiratete sie und bekam zwei Kinder. Nach ihrer Scheidung zog sie nach München, studierte Politik und Theaterwissenschaft und arbeitete als Journalistin für verschiedene Zeitschriften. In dieser Zeit entstanden auch ihre ersten Jugendbücher.
Heute lebt sie wieder in Hamburg, schreibt Drehbücher für Fernsehfilme und Bücher für Erwachsene und Jugendliche. Außerdem reist sie für namhafte Zeitschriften als Reporterin um die Welt.

Manfred Böckl studierte Geschichte. Er war Stadtschreiber von Otterndorf, Stipendiat der Neumüller-Stiftung in Regensburg und Redakteur einer großen bayerischen Tageszeitung. Er veröffentlichte zahlreiche historische Romane und Erzählungen. Seit mehr als zehn Jahren schreibt er auch vielbeachtete Jugendbücher. Einige davon wurden ins Tschechische und Polnische übersetzt.
Manfred Böckl lebt heute bei Passau und zählt zu den schöpferischsten Autoren Bayerns.

Elisabeth Dommer ist in Altenburg/Thüringen geboren. Nach fünfjähriger Lehrtätigkeit an einer Landschule war sie dann beim Kulturamt tätig. Seit 1981 freiberufliche Schriftstellerin. Bisher veröffentlichte sie Märchen und Geschichten für Erwachsene sowie zwei Jugendromane.

Ursula Isbel wurde in München geboren, sie arbeitete als Verlagslektorin und wurde bekannt durch Kinder- und Jugendbücher, Romane und Erzählungen. Tier- und Umweltschutz sind ihre wichtigsten Themen.

Sabine Jörg ist promovierte Psychologin, sie schreibt Kinder- und Jugendbücher, machte Rundfunk- und Fernsehsendungen und arbeitet als Medienforscherin in München.

Eva Korhammer ist in Frankfurt/Main geboren. Sie studierte ursprünglich Medizin und Kunstgeschichte, brach das Studium zugunsten einer soliden Ausbildung im Verlagswesen ab. Nach jahrelanger Lektorentätigkeit beschloß sie, sich mehr ihrer Familie zu widmen. Heute ist sie freiberuflich aktiv als Rezensentin, Buchübersetzerin und erfolgreiche Autorin mit Schwerpunkt Kinder- und Jugendbuch.

Irma Krauß war ursprünglich Lehrerin, gab aber dann aus Rücksicht auf ihre drei Kinder das Unterrichten auf. Erst mit vierzig konnte sie endlich das tun, was sie schon immer wollte: nicht nur Bücher lesen, sondern auch schreiben. Den Stoff für ihre Jugendbücher findet sie in ihrer unmittelbaren Umgebung, vor allem in der Familie. Im Jahre 1991 erhielt sie den Literaturpreis der Dillinger Kulturtage.

Hans Kruppa in Marl (Nordrhein-Westfalen) geboren. Studierte Anglistik und Sport in Freiburg. Seit 1981 lebt er als freier Schriftsteller in Bremen und hat rund dreißig Bücher geschrieben. Somit ging sein Kindheitstraum, einmal Schriftsteller zu werden, doch noch in Erfüllung.

Sigrid Kruse ist in Berlin geboren. Ihre Schulzeit verbrachte sie in Dortmund. In Köln studierte sie an der Fachhochschule für Bibliothekswesen und Dokumentation. Sie lebt heute als Bibliothekarin und freie Schriftstellerin in Duisburg und schreibt Gedichte und Erzählungen für Erwachsene und Kinder.

Danica Langenstein, geboren in München. Bereits in frühester Kindheit entdeckte sie ihre Leidenschaft für den Reitsport. Später entwickelte sich das Hobby zum Beruf. Über ihre Tätigkeit als selbständige Ausbilderin kam sie auch zum Schreiben. Es begann mit Sportreportagen für diverse Tageszeitungen sowie Berichten in hippologischen Fachzeitschriften. 1988 erschien ihr erstes Jugendbuch.

Seither veröffentlichte sie mehrere Kurzgeschichten und ihr zweites Buch.

Elke Müller-Mees ist gebürtige Berlinerin und lebt heute in Mülheim an der Ruhr. Nach ihrem Studium der Germanistik und Geschichte in Köln ging sie für einige Jahre in den Schuldienst. Seit 1987 arbeitet sie als freie Schriftstellerin. Neben Veröffentlichungen zu aktuellen Frauen- und Männerfragen sind von ihr zahlreiche Kinder- und Jugendbücher erschienen.

Harald Parigger wurde in Flensburg geboren und studierte Geschichte und Germanistik. Als promovierter Historiker ging er zunächst als Lehrer ans Gymnasium. Zur Zeit arbeitet er mit den Schwerpunkten Sozial- und Alltagsgeschichte und Museumspädagogik am Haus der Bayerischen Geschichte. Bislang schrieb er neben wissenschaftlichen Aufsätzen zur Geschichte und Germanistik Lyrik, Theaterstücke für Kinder (für Schulaufführungen), Kindergeschichten und Jugendromane.

Helmut Walbert erlernte den Beruf eines Wollstoffmachers und studierte später Theaterwissenschaft, Germanistik und Philosophie. Er arbeitete als Lehrer und lebt heute als freier Autor in München. Er schreibt Romane und Erzählungen, Theaterstücke und Hörspiele. Ausgezeichnet wurde er mit dem Förderpreis für Literatur der Stadt München, dem Schiller-Preis des Landes Baden-Württemberg und dem Hörspielpreis von Terre des Hommes.

J. Monika Walther, geboren in Leipzig, lebt seit 1966 im Münsterland. Sie arbeitete als Filmkritikerin und Lektorin, jobbte als Kinokassiererin und Taxifahrerin. Seit 1969 erscheinen Gedichte und Prosa. Sie schrieb auch zahlreiche Hörspiele und Hörbilder.

Theodor Weißenborn ist in Düsseldorf geboren, studierte Philosophie, Germanistik, Romanistik und medizinische Psychologie. Er ist Mitarbeiter namhafter Zeitungen und zahlreicher Literaturzeitschriften im In- und Ausland. International bekannt wurde er vor allem durch seine Hörspiele. 1966 erhielt er den Förderpreis für Literatur der Stadt Köln, 1971 den Georg-Mackensen-Literaturpreis und 1990 den Hörspielpreis der Akademie der Künste.